U0954308

高原上的盛宴

张炜 著作

赵月斌 选编

中国出版集团
中译出版社

图书在版编目（CIP）数据

高原上的盛宴 / 张炜著；赵月斌选编. -- 北京：中译出版社，2021.6
（文学里的中国·当代经典书系）
ISBN 978-7-5001-6638-2

Ⅰ. ①高… Ⅱ. ①张… ②赵… Ⅲ. ①中国文学－当代文学－作品综合集 Ⅳ. ①I217.2

中国版本图书馆CIP数据核字（2021）第069950号

出版发行 / 中译出版社
地　　址 / 北京市西城区车公庄大街甲4号物华大厦6层
电　　话 / （010）68359303，68359827（发行部），68358224（编辑部）
邮　　编 / 100044
传　　真 / （010）68357870
电子邮箱 / book@ctph.com.cn
网　　址 / http://www.ctph.com.cn

出 版 人 / 乔卫兵
总 策 划 / 张高里　刘永淳
特邀策划 / 王红旗
策划编辑 / 范　伟　张孟桥
责任编辑 / 范　伟　张孟桥
文字编辑 / 张若琳　吕百灵　孙莳麦
营销编辑 / 曾　頔　郑　南
封面设计 / 柒拾叁号工作室

排　　版 / 柒拾叁号工作室
印　　刷 / 北京顶佳世纪印刷有限公司
经　　销 / 新华书店

规　　格 / 787mm×1092mm　1/32
印　　张 / 8
字　　数 / 120千字
版　　次 / 2021年6月第一版
印　　次 / 2021年6月第一次

ISBN 978-7-5001-6638-2　定价：49.00元

版权所有　侵权必究
中　译　出　版　社

作者
张炜

当代作家，中国作家协会副主席。山东省栖霞市人。1975 年开始发表作品。

2020 年出版《张炜文集》五十卷。作品被译为英、日、法、韩、德、塞、西、瑞典、俄、阿、土、罗、意、越、波等数十种文字。

著有长篇小说《古船》《九月寓言》《刺猬歌》《外省书》《你在高原》《独药师》《艾约堡秘史》等二十一部；诗学专著《也说李白与杜甫》《陶渊明的遗产》《楚辞笔记》《读诗经》等多部。作品获优秀长篇小说奖、百年百种优秀中国文学图书、世界华语小说百年百强、茅盾文学奖、中国出版政府奖、中华优秀出版物奖、中国作家出版集团特别奖、南方传媒杰出作家奖、京东文学奖等。

近作《寻找鱼王》《独药师》《艾约堡秘史》等书获多种奖项。

新作《我的原野盛宴》《斑斓志》反响热烈。

选编者

赵月斌

赵月斌，生于1972年。评论家、作家，现为山东师范大学文学院教授。发表文学评论和文学作品四百余万字，出版《沉疴》《雨天的九个错误》《张炜论》《暧昧的证词》等小说和文学评论多部。评论集《迎向诗意的逆光》入选“21世纪文学之星丛书”，曾多次荣获泰山文艺奖、刘勰文艺评论奖、齐鲁文化英才等奖项。

目录

导言——张炜和他的丛林密史

赵月斌

张炜原籍山东省栖霞县，1956年出生于龙口市。从1975年发表第一首诗歌至今，已发表作品二千余万字，出版《张炜文集》五十卷。作品被译成英、德、日、法、韩等多种文字，在海内外出版单行本数百部。在四十多年的文学生涯中，张炜获奖无数，几乎囊括了国内所有重要文学奖项，凭借长盛不衰的创造力和影响力，成为当代中国最为重要的作家之一。

张炜是中国新时期文学现场的忠实执守者。他长期担任山东省作家协会主席和中国作家协会副主席，并兼任万松浦书院院长和中国国际徐福文化交流协会会长，在致力于文学事业的同时，还将其与文化研究和社会公益相融合，不仅为个人创作注入了长久活力，也使他所构绘的文学版图拥有了浩瀚时空。除此之外，文艺界有一个轰动一时的文化事件特别值得一提，即20世纪90年代初的“人文精神大讨论”。一大批文学知识分子围绕人文精神的失落和重建展开了激烈交锋。张炜虽未直接参与正面的论战，却因其鲜明的“道德理想主义”倾向成为争论的焦点之一。这场持续了两年的全国性大讨论虽只是社会转型期的一种精神阵痛，但是对于一个要为世道人心立言的作家来说，无疑与他创立的万松浦书院和他倡扬的徐福文化一道构成了稳固的文学支点，让他的创作始终都能雄踞高原之上，让他占领了万里山河，也让他得以飞越长天之无涯。

张炜的经历不算复杂，奠定或说决定他终生创作基调的却是他的童年阶段。他的生身之地即在当时尚为黄县郊外的海边荒林，在那里听着外祖母讲的神话、在各种野物的哈里哈气中长大。十来岁的时候，他还曾只身到胶东半岛的南部山区流浪游荡，不仅多识了鸟兽草木之名，更见识了各式各样的奇人怪事。这期间他完成的第一部短篇小说《木头车》就像是所有作品的引子：一个神气的小伙子驾着一辆老式木头车咯噔噔地奔驰而来，这个不赶潮流的故事让我们看到，十七岁的张炜一落笔就找到了自己的根脉，从那时起，他的创作便如那辆不合时宜的木头车，倔强而气宇轩昂地辗过大欢喜的“黄金世界”，从“光明的季节”驶向“最好的时代”。

张炜成名于20世纪80年代初期。在新时期文学发轫之际，他甫一出手就发表了《芦青河边》《声音》《一潭清水》等一系列格调清奇、立意深远的中短篇小说，一跃成为“文学鲁军”的主力干将。评论家宋遂良为张炜的首部小说集《芦青河告诉我》作序指出：初涉文坛的张炜不迎合时尚，也不追求重大题材，他铺开一张白纸，写出的是自己熟悉的动过感情的生活，描绘的是一个美好而多情的世界。基于张炜干净利落的文本呈现，《声音》和《一潭清水》连续两年荣获全国优秀短篇小说奖。实际上，张炜早就踏遍了故乡的土地，找准了写作的源头，在此之前的练笔期就唱响了质朴嘹亮的“芦青河之歌”。就是从这时起，渤海南岸的“登州海角”开始成为他在纸上开拓的文学疆域的神秘腹地，由此辐射至南部山区、山东半岛，乃至浩渺无极的三神山、爪哇国，这片滋养众多的海边丛林，不单单成为张炜的安身立命之处，甚至成为世界的中心。通过后来的《狐狸和酒》《梦中苦辩》《怀念黑潭中的黑鱼》等短篇作品，张炜沿着他的芦青河上山入海，格局越发疏朗开阔。

张炜的中篇小说以《护秋之夜》开题，继以“秋天”系列引发热议，有名的“葡萄园中的哈姆雷特”就出自《秋天的思索》，护园人老得的名言“枪是钢枪，上了火漆”早已成为当代文学课上一个响亮的“金句”。再如，《秋天的愤怒》《葡萄园》《瀛洲思絮录》等作品，都是非常结实饱满的中篇佳作。不过，需要特别指出的是《蘑菇七种》这部常常被人忽略的作品，正是他在写作上由“史诗”向“民间”过渡的重要“中间物”，这部小说不仅蕴藏了作家独有的文学酵母，还充分展现了他的叙事智慧和文体风格，完全可以看成张炜最具核心意义的代表作。在这里，他开辟了神秘苍茫包罗万象的海角丛林，创造了天地蒙蒙活物众多的一方世界。虽道是物物不同，却恍若民神杂糅，不可方物。透过《蘑菇七种》，你会发现，张炜的小说就是一部写不完的“丛林秘史”，他卷帙浩繁的所有作品，其实都是在捕捉一种荒野的声音。

张炜的雄厚实力主要体现在长篇小说中，其中影响最大的当数《古船》和《九月寓言》。这两部作品曾双双入选《百年中国文学经典》（北京大学出版社出版），目前已出版一百多个中外版本，是当代文学中极少数能够长达二十多年畅销不衰的作品。

首部长篇《古船》一经推出就被称为“奇特的文学现象”“谜一样玄妙的小说”，成为不断引发研论争论的一部奇书，不但在大陆广为传播重印，还在我国港台和韩国等地一版再版，成为当时海外影响最大的当代华语长篇小说。这部作品堪称张炜早期芦青河叙事的集大成之作，它以登州海角的洼狸古镇为背景，讲述了隋、赵两个家族两代人在时代裹挟下经历的残酷斗争和痛苦蜕变，被誉为描绘“民族心史”的史诗巨著。《中国新文学大系》全文收入“五四”至今的海内外华语当代长篇仅七部，《古船》即其中之一。20 世纪末，文学界评选“世界华语小说经典”和“百年百种优秀中国文学图书”，《古船》名列其中。随着《古船》被翻译成英、日、韩、法、俄、瑞典、土耳其、西班牙、罗马尼亚等数十种外国语言在全球出版发行，甚至被指定为研究中国当代文学的经典教材，《古船》的世界影响力不断增大。

第二部长篇《九月寓言》（1993）由各自独立而又相

互关联的七个章节构成，实际也是发生在登州海角海边小村艇鲅村和附近矿区的故事，苦中作乐的小村民与优越的矿区“工人捡鸡”因时代的“发展”不期而遇，最后整个村子陷于地下，一切都消失殆尽。小说以讲古的姿态展现了民间世界的勃勃生机，更以寓言的方式揭示了现代生活面临的重重危机。《九月寓言》曾与作者一道被评为“九十年代最具影响力十作家十作品”，入选“新中国70年70部长篇小说典藏”，亦被称为20世纪中国文学的殿堂之作，目前中外文版本已累计出版四十多种。

进入21世纪后，张炜迎来了新的创作高潮，先后发表了《外省书》（2000）、《能不忆蜀葵》（2001）、《丑行或浪漫》（2003）等十几部长篇小说。这些作品一经出版，无不引发热烈回响，其中最具轰动效应的是《你在高原》（2010）。这部四百五十万字的长篇小说，皇皇十卷，每一卷都是一部形制迥异的独立长篇，每一卷又都具有密切联结的人物和情节脉络。全书以一个地质工作者宁伽为中心，塑造了一百多个不同的人物。随着宁伽的不停行走，张炜的登州故事遍及山南海北，不但是“推敲山河”，还要以“茂长的思想，浩繁的记录，生猛的身心”，集中展现了“五十年代生人”的生命历程和灵魂历险。正如评论家贺仲明所说，这部费时二十多年的鸿篇巨制，通过对主人公的强烈认同和饱满情感的倾诉性叙述，表达了作者对现实世界的批判性超越和对“美”“善”等正面价值的心灵向往。小说主人公宁伽是一个典型的“沉思型漫游者”，他始终保持着对生命、历史和现实以及对“革命”“知识分子”“爱情”“人性”等现代命题的理性思考，使《你在高原》成为一部典型的思想之书。《你在高原》出版后，多家文学和学术机构先后举行研讨会，得到铁凝、张炯、王巨才、雷达、吴义勤、施战军、陈思和、孟繁华、贺绍俊、陈晓明、程光炜等众多著名作家、评论家的高度评价。在2011年评出的第八届茅盾文学奖中，《你在高原》以第一名高票当选。该奖是中国作家的最高荣誉，也是对张炜数十年创作实绩的充分肯定。《你在高原》堪称“底气十足、元气淋漓、正气浩然”的扛鼎之作，“张炜沉静、坚韧的写作保持着饱满的诗情和充沛的叙事力量，为理想主义者绘制了气象万千的精神图谱”。

此外，《刺猬歌》也是一部运思奇诡的长篇力作。故事发生地仍在海边林莽，张炜完全打破了人与动物、精灵、仙怪的界限，以致人神相通，万物并作，其文气直追齐谐志怪，颇有《山海经》遗风。近年发表的《独药师》《艾约堡秘史》当属张炜的“变法”之作。《独药师》把时代背景放到百年前的清朝末年，它以实录的笔法叙写了一段取自野史逸事的炼丹修仙之事，同时又在养生秘术的狭促格局中生发出跌宕绵长的爱恨情仇，进而勾连皴染出了社会大变局时期的历史纹理，让我们看到，不可调和的“养生”和“革命”竟然演练成了精彩的对手戏。这部作品从地缘背景看仍属于半岛（登州）叙事／丛林秘史的范畴，但其表现手法和精神气度皆与以前的作品大不相同，它就像一座突然从海底冒出的仙山，奇崛险峻而又神秘迷人。《艾约堡秘史》则把故事时间拉到了当下，通过一个私营企业巨头吞并海滨沙岸的典型事件，直指工业化、城市化和资本膨胀过程中的公平与正义问题。出版家龚曙光认为，《艾约堡秘史》首次以文学的方式正面透视改革开放四十年的社会现实，以诗意与切肤的文字剖开了一个暴发户既强横又虚弱、既骄奢又枯冷、既丰富又苍白的发达史、心灵史、情爱史。评论家李敬泽则指出，张炜的很多小说中都会出现一个荒野上的少年，而这部新作中，那个荒野少年依然藏在主人公身上，令人深为感动的是，“张炜的心里依然还有那个荒野少年，张炜也依然是那个勇敢的、不怕失败的少年。”诚哉斯言，这个从《木头车》《一潭清水》出发的少年，一直都在他的荒野上无畏前行。

散文是除小说外张炜创作的重头，其散文作品大概在他的文集中占据了将近一半。当然这里广义的散文还包括他的随笔、文论、讲章、对话和学术著作。说到他的散文，不得不提到《融入野地》，再加上同一时期的《精神的魅力》《忧愤的归途》《夜思》《独语》《守望的意义》等作品，可以说是当年“人文精神大讨论”的副产品，从题目即可看到他的立场指向。评论家马兵即称之以“野地与松林的正义”，认为张炜的散文“是其小说最好的声援和阐释，也是比小说更直接、更朴素的肉搏时代的利刃”。的确，无论是写实抒情还是考究思辨，散文中的张炜更具态度、更显激情，也更为旷达深邃。再如，以单行本形式出版的《心仪》《它们》《芳心似火》《午夜来獾》《小说坊八讲》《也说李白与杜甫》《陶渊明的遗产》等长篇散文，无论是短章集束、系列讲章，还是思想随笔、学术文论，都能看到张炜的观察思考和文学观念，既有其体系化的成熟通透，又不失其灵动形象，举重若轻。张炜说他的散文像“一部长长的出航志”，跟随这位船长出航，当然能在摇荡颠簸的航程中体会到狂涛巨浪的撞击，也能感受到风的吹拂，看到夜空的星。

张炜还创作了大量老幼皆宜的少儿题材作品，或许仅凭《半岛哈里哈气》《少年与海》《寻找鱼王》中的任意一部，便当之无愧是一位优秀的儿童文学作家。自小长在“莽野林子”的张炜，生就了对大自然、小生灵的“爱力”，那片林子和林中野物让他拥有了不变的童心、诗心，他的童年记忆也常会不知不觉地映现于笔端，成为其文学世界的“一个部分、一个角落”。而这些以“海边童话”行世的作品，无论是早期自传性的《远河远山》，还是奇幻玄妙的《海边妖怪小记》《兔子作家》，及至最近的非虚构作品《我的原野盛宴》，都是其荒野记忆的真诚再现，是当年的林中赤子以近乎通灵的方式“重获童年”。就拿《寻找鱼王》来说，其在现实和神话的结合中萃取了张炜最宝贵的人生经验和“真本事”，足可视为作家的生命诗学和精神自传。《寻找鱼王》出版后大受欢迎，一版再版，频频获奖，并于2017年荣获第十届全国优秀儿童文学奖。该奖系国内儿童文学最高奖项，其授奖词云：“《寻找鱼王》精湛而深邃，丰富而浩淼，体现着中国儿童文学的文化自信。世事变迁，但时间和自然之中深藏着指引人生的恒常之理。张炜让少年和野地互相发现和界定，构成一个道法自然的精神世界，传递着关于人类如何达至善好生活的基本经验。”

张炜的语言雅致考究而又朴实生动，追求诗性亦不避方言俗语，这让他的文本大气厚重却不乏晓畅轻逸，使其当之无愧成为个人风格极其鲜明的文体家。不仅如此，在张炜以小说家、文章家名世的时候，其实还是一位妙手赋诗篇的诗人。从本质上说，张炜就是一位诗人。不仅是因为他十四岁就尝试作诗，最早发表的作品也是一首长诗，而且他确实从未中断写诗，在其五十卷文集中，就包含了《皈依之路》《家住万松浦》等多部诗集。他的诗歌以上百行乃至上千行的长诗和组诗最具特色，这些诗就像是来自登州海角的荒野少年动情的歌唱，抒发了对大地高原的无限热爱，表达了对万物生灵的深刻省思。张炜五十岁时曾发愿，六十岁以后要成为一个大诗人。他说，要用最好的本子，写出最好的诗。果然，在刚过耳顺之年的时候，他写出了《归旅记》。在这首长诗中，我们能遇到很多独属于登州海角的文学意象，也能看到张炜所眷念的文化盛宴和精神先驱。“一束光 / 照亮了一粒微尘”，这首诗也像是他为所有作品写下的一个注脚，读懂了它，大概也就理解了张炜的丛林秘史，理解了那个百毒不侵的荒野少年。

张炜的文学生涯持续了近半个世纪，不仅创造力出奇地旺盛，且每每不乏夺人耳目之作。单从创作量上看，张炜可算是最能写的作家之一，而其长盛不衰的影响力，也使他成为蜚声海内外的华语作家。张炜通过千万文字写出了一个异路独行、神思邈邈的“我”，对这个时代发生了沉勇坚忍的谔谔之声，他用“圣徒般的耐力和意志”创造了一个天地人鬼神声气相通、历史与现实相冲撞的深妙世界。张炜是一位总能往返于童年故地的天真诗人，诗不仅是他的“向往之极”，而且是他全部文学创作的基点，“诗”成为他获取自信、成就“大事”的原动力。对于张炜来说，写作就是一场漫长的言说，是灵魂与世界的对话。就像一位从显性世界回到隐性世界的孤独梦想家，张炜从非诗的阴影里走向了诗，在“渎神”的背景里找到了自己的“神”。

张炜创作谈：

我在胶东西北部小平原上生活了近二十年，那儿无边的丛林、无边的果园和葡萄园，给我留下了永难磨灭的印象。小平原和无边的林木让我永远怀念和喜爱，它给了我属于它独有的那样一种情绪。我记住了它的辽阔、它的变幻莫测、它的冷酷以及它的优美……我二十五岁这一年发表了短篇小说《声音》，写的是林子深处的一位割草姑娘，她劳动之余因为一时高兴，就高举镰刀，在寂静的林子里放开嗓子喊了一声，结果惹来了诸多麻烦。

当年的这篇小说好像戛然而止，今天看来似乎应该有长长的续写才好，一直写到那个复杂的结局。命运是无法躲闪的，每个人都将由浅入深地往社会与人生的林子深处走去，走个不停，走向自己的结局。一个人不呼喊是不可能的，他未必能够始终压抑自己的声音，也无法有效地控制自己的音量。声音由稚气到粗浊，由奶声奶气到老壮刺耳，一切都是不难预料的。

短篇

声音

芦青河口那围遭儿树多。大片大片的树林子，里面横一条小路，竖一条小路，非把人走迷了不可。因此河边的各家老人都常常告诫自己的孩子——特别是姑娘：没事儿，千万不要往林子深处走！

可二兰子倒蛮不在乎。她常常钻到林子深处割牛草。家里人阻拦她，她就说："不怕，不怕，我到年都十九了！"妈妈脸一沉："十九了更不好！"二兰子把一截草绳儿往腰上一扎，提起镰刀说："我去！我去！我偏去嘛……"

她这句话里带着怨气。家里养个老牛，肚子比碾砣还大，地上放捆嫩草叶儿，它伸出舌头抿几下就吃光了。大弟弟忙着复习考大学，小弟弟要进重点班，唯独她不被看重，忙里忙外，出工前还得去割一大早的牛草。割就割吧，她没上几天学，管“大”念“太”，常常忽略中间那“一点儿”，还不得割牛草吗？可近处的青草全被人割光了，不进林子深处行吗？谁愿跑路怎么的！她觉得妈妈太不体谅人了。

好在二兰子还从没有迷过路。

早晨，还是很早的时候就进林子了。一路上，也不知踢散了多少露水珠儿。太阳升起来了，光芒透过树隙，像一把长长的剑。小鸟儿就像不闲嘴儿的小姑娘，吵死人了！还是老野鸡性子缓——多长的时间才叫一声咯咯嗒呀！二兰子总是这样：不管心里多么不痛快，一进了这林子就变得高兴了。大树林子绿蒙蒙的，多宽敞啊，她很想扬起脖儿喊一句，听听自己在这树林子里的声音。她知道，树林子能把声音传出老远、拖得老长，树林子真好哩！可她憋住了，她要赶去割草呢。她只瞅着脚下的草叶儿，急急地走。

她走着，地上的草叶儿嫩极了，一簇一簇，顶着露水珠儿，闪着亮儿，二兰子还不割吗？不割！不割！她继续往前走着……地上的草叶儿墨绿墨绿的，又深又密，简直连成片儿了，二兰子还不割吗？不割！不割！她还是往前走……又穿过几排杨树，跨进了杂树林子。看吧，这里的草叶儿才叫好呢！青青一片，崭新崭新的，叶片儿宽板板，长溜溜，就像初夏的麦苗儿。那草棵里面还有花哩，红一朵，黄一朵，二兰子先拣一朵大的插在头上，然后才解了绳儿，举起手里那把雪亮亮的镰刀……小鸟儿在头顶“喳喳”地叫了几声，清甜的空气直往鼻孔里扑，二兰子高兴极了！她盯着那镰刀刃儿，镰刀刃儿锃亮锃亮，反射着阳光，耀得她眯起了眼。四周空荡荡的，一个人也没有，她脸儿红红的，四面儿瞧瞧，心里一热，不知怎么脱口喊了一声：

“大刀来，小刀来——”

呀，满林子都喊哟！二兰子听到自己那声音了，听那尾音儿，在林子里还引起了一阵沙沙沙的震动。二兰子惑得闭上了眼睛，一溜睫毛显得格外长、格外密。她大仰着脸儿，眼也不睁，嘻嘻笑着又喊一遍。“大刀来——小刀来！”

她喊完了，大气儿也不出，只用心听着那尾音儿。

这回的尾音儿拖得特别的长。奇怪的是，它好像飞到了老远的地方，又从那儿折回来。声音已经变了。二兰子听着愣住了！她一个字一个字地分辨着：是哪个小伙子在老远的地方接着喊哩！听听，他还在喊哩——

“大姑娘来——小姑娘来——”

二兰子赶紧藏到了一丛灌木后边。当她听出那声音是从远远的河西岸传过来的，才从灌木丛里走出来。不过她一颗心还在“怦怦”跳着，胆怯地向着河西岸望去——一团绿色又一团绿色，苇行、灌木，遮得严严实实，哪里看得见啊！不过这声音却是蛮嫩气，听那调儿，还是喊的普通话。二兰子小声骂了一句“该死的”，就弯下身子割草了。

这天，她只默默地割草，连大声哼一句也不敢，生怕河西岸听见似的。割成了一大捆儿，她就无声地扛起来，踏着那林中小路儿回家了。

以后的早上，她每每来到林子里，刚要弯腰割草，就会听到河西岸那人在喊。“喊吧，喊吧，有谁理你才怪！”二兰子在心里说着，下狠劲儿割着草，头也不抬。她挥动着镰刀，胖乎乎的手脖儿在绿草丛里一掩一露，像一截儿洗得白嫩嫩的藕。割呀割呀！割得草叶堆成小山，老牛吃得肚儿圆；割呀割呀，她一口气割了十天。十天里有十个早晨，有十次踢散那林中小路上的露水珠儿，也有十次听到那河西岸的呼喊。呼喊，呼喊，显你小伙子嗓子脆啊！显你小伙子甜咪嗦嗦（方言，意为“爱在女人跟前讨好”）啊！二兰子烦他。她这会儿开始后悔了：一个姑娘家，干吗在树林子里乱喊呀？你就不知道这树林子特怪——能让声音大上几倍吗？

二兰子以后割草时，故意用心听那鸟儿吵嘴——这就能忘了那个小伙子的声音。可是几天之后，她突然觉得这无边的林子里好像少了些什么。少了些什么呢？花也在，草也在，鸟儿也在，手里的镰刀也在——少了些什么呢？她干活不勤快了，再也无心割草，默默地贴站在一棵大杨树上，伸出镰刀刮那衰死的老皮儿……她刮着刮着猛然记起了：是少了他那喊声哩！——他从河西岸走了吗？他哪儿去了？他怎么就一连这么多天不喊哩！

二兰子扛着草捆儿回家，走在路上都没劲儿。她是太累了。

早上来到林子里，她清了清嗓子，面向河西，用甜津津的声音喊了一句："大刀来——小刀来——"

树林子哟，树林子哟！树林子又把这声音传走了，那尾音儿不消不失，颤颤悠悠，像琴！像箫！像笛！像鼓！二兰子料定这声音是那千千万万片叶子传动的，要不它们怎么老是唰唰地动呀？她半个脸贴在树干上，她在等河西岸那个声音。正在她的心急急跳动的时候，那声音果然又一次传过来了——

“大姑娘来——小姑娘来——”

二兰子笑了。二兰子蹲在地上了。二兰子解了草绳儿。二兰子挥起雪亮亮的镰刀了。这个姑娘真能割牛草！

这天晚上，二兰子回家后怎么也睡不着。这都怨那月亮太亮了些，把窗外的树叶照得绿莹莹的，怎么能让二兰子不去想那树林子、那树林子里的草？她今晚镰刀就搁在窗台上，盯着在夜影里放光的刀刃儿，自然尽想些割草的事儿了。十八九岁的姑娘了，俊俏得全村没有第二个。奇怪的是这么俊的姑娘，这会儿竟迷上割牛草了。早几年全村都穷，她和别的姑娘一样，读了两天半书就回家下地了。在田野里，她们都是成帮成群的，穿着镶白腰儿的蓝粗布裤子，赤着脚儿在柳行里跑、跳，拔刚露尖尖角的苦苦菜。苦苦菜做的小豆腐真香啊，妈妈一边吃一边夸，说村里这帮子姑娘黑头发、大眼睛，都像一个模子里扣出来似的，哪一个大了都能找个好婆家……二兰子一点点大了，再也不拔苦苦菜了。但如今她要割牛草。她想：“割吧，割吧，割到找婆家！”她睡不着，就想那树林子，想来想去，竟觉得河西岸那青草一准会比河东岸的多——河东岸那青草原来不算多，也不算嫩！

天亮以后，她踏过一条独木小桥，进了对岸的林子了。这儿的青草果真嫩、果真多吗？二兰子看不出来。她只是带着几分好奇似的蹲下身来，悄没声儿地伸出了镰刀……林子里的鸟儿也许吵累了，四周静得很，空荡荡的林子里，只有她那挥动镰刀的嚓嚓声。

割了一会儿，她听到了有人在不远的地方喊了一声。她的手一颤，镰刀滚到草丛里去了。她不知怎么有些慌乱，站了起来，很想回应一声“大刀来、小刀来”，却用手紧紧地捂住了嘴……绕过了几丛灌木，二兰子偷偷地趴在树枝下看着。她终于看到一棵皮黑如铁的老弯榆下，正有个人面向河东，用力地喊着。“是他了！是他了！”二兰子心里叫了一声，随手用镰刀狠劲儿扫了一下跟前的灌木丛。树丛发出了一阵啪啦啦的响声。

那个人赶紧转回身来。二兰子看真切了，也差点儿喊叫出来——这哪里是个小伙子啊：矮矮的个子，瘦干干的脸；一双眼睛陷得有点深，使上眼皮和眉骨处有一道深纹儿。他挺直身子站立着，那头颅也要往前探出一截儿——他是个罗锅儿！二兰子大失所望，觉得他就和身边那棵老弯榆差不多。他大概有二十八九岁了吧？她惊讶得嘴巴张得老大，在心里叫着："天哪！天哪！这样一个罗锅儿，还有那么嫩气的嗓子，还会说普通话，只听那嗓门儿，那声音，你会以为他是个多'帅'的小伙子哩。声音骗煞人！"

罗锅儿看到了二兰子，一下子怔住了！他把身子久久地贴到老弯榆上，让粗粗的树干挡住自己的脸。过了好长时间，他才不得不从树后走出来。

二兰子见他走了过来，警惕地问了句："干什么？"

"哦，割牛草，割牛草……"他慌促地点一下头，蹲到了二兰子的脚下。

二兰子退开一步，才发现原来自己刚才站立的地方，放着一根麻绳儿、一把窄窄的小镰刀……

他们都割起了牛草，谁都不说什么话。小罗锅儿敢藏在树丛里喊"大姑娘"，"大姑娘"真的来了，他却怕羞似的一个人跑到一边割着草。也只是不一会儿的时间，他就割了好大的一堆，速度快得简直让二兰子吃惊。他异常麻利地将草捆儿打好，然后就倚在草捆上，掏出个小本本看了起来，嘴里不停地咕咕哝哝……

几天过去了，他们两个都默默地干着。二兰子看小罗锅儿还算老实，从岁数上分属于另一搭儿的人，自己又耐不住寂寞，就上前搭讪着说起话来了。她知道了他大名叫李双成，就是西岸村子里的，负责队里三头老牛吃草。二兰子也告诉了自己的名字，告诉自己成天早晨在河东岸割草。小罗锅儿一双明亮的眼睛看着她，笑笑说：

“听你那声音真甜脆哩！我怎么也想不到是个割牛草的。我还以为是个‘戏子’哩，出来练功……”

二兰子热得解开衣怀，露出了一件薄薄的、带小碎花儿的衬衫。她笑着把镰刀钩到肩头上说：“咱不是‘戏子’，咱还不识字哩……”

小罗锅儿站在她对面，温和地笑着，每听一句就点一下头、咽一口口水，那颏下的喉结也随之上下活动一次，好像不仅全听准了，而且记住了、装到肚里去了！

二兰子还是第一次遇到这么重视她讲话的人，心里一阵畅快，就说了好多好多。

第二天，二兰子割草的时候，小罗锅儿就立在一旁看。他觉得她这样是割不快的，于是就要过了二兰子手里的镰刀。

他要做个示范动作了。

他背向着二兰子蹲在了地上，头也不回，只示意她看准、看透彻。然后，他右腿跪在了地上，左腿向一旁伸开，上身儿向前伏去，再伏去，就像要倒下似的。这时候，那右手里的镰刀才伸出来，那左手的手指才拢到一起。镰刀动起来了：不是推，不是拉，不是砍，也不是割，而是像在草丛间画小圈儿！那左手配合得也叫好，触着抖动的草叶儿，一按一转，拍拍、拢拢，就像揉面团似的……青青草叶贴着地面给齐齐地割下来了，变成一卷一卷、一堆一堆。他就在这绿绿的草堆儿里活动着，整个身子有规律地晃动、俯仰，从容不迫地向前推进，就像游泳一样。

二兰子看得傻愣了！

她马上要过镰刀，就像小罗锅儿那样把身子靠近了地面，一招一式都仿他，但她动手割时，总不甚得劲儿，不但割不快，还差点割了手指……二兰子有些懊丧地跳了起来，请他重做一遍。她这次眼睛也不眨，从后背看，从前头看，从他的侧面看。突然她像发现了什么秘密似的，拍着手掌嚷：

“怪不得哩，那是你自己的法儿哟，那是你一个人的法儿哟！你是借了那罗锅儿的弯儿……”

她喊着，高兴得什么似的。突然，小罗锅儿呼地站了起来，仇恨似的盯了她一会儿，然后啪地摔掉了手里的镰刀，转身离去了。

“你怎么了？你怎么了？”二兰子吓了一跳，紧追着问道。

小罗锅儿没有理她。他走了老远，一直走到那棵老弯榆下才停了下来。他倚着树干，默默地抚摸着黑色的树皮，一声也不吭。

二兰子似乎意识到自己的话语伤了他，就不作声了。她低头看看脚下的青草，又抬头瞅一眼小罗锅儿，发现那双有点深陷的眼睛里，有两点火星闪了一下。她伸手从一旁的槐树上取个叶儿，放在嘴唇上，啵一个吮了个响儿……她说：

“哎呀，你真是个要强的人哪，看不出来！”

他没有作声，只深深地看了她一眼，又回到原来的地方忙活去了。

像过去一样，也是刚过了不大一会儿，二兰子就看到他靠在捆好的草捆上读那个小本本了。她觉得新奇，就走到近前问他读的什么？他翻动着书页，头也不抬地说：“没什么，一本书……”

二兰子问：“上边有描的花儿人儿吗？”

他摇摇头：“上边尽是字儿……”

二兰子鄙夷地撇撇嘴：“哟哟，那能看出个什么来！”她嚷着，突然又想起了什么，问：“你一直在这儿割牛草吗？”

小罗锅儿摇摇头：“刚割了半季。我原来在学校里教书……”

“你教书？”二兰子吃了一惊。

他点点头：“是个‘民办’。后来师范毕业生多了，‘民办’有的要下放，我就给下放了。”他说到这里惋惜地搓弄着手掌，又碰碰身下的草捆说：“老支书让我割牛草，他说：‘你身子骨不硬，那活儿也轻松……’我就来割牛草了。”

二兰子赞同地说：“割牛草好！瞧你一会儿就割下这么多，然后净落得玩儿了。”

小罗锅儿听了，却激动得从草捆上跃起：“那我就割这一辈子的牛草吗？”

二兰子看着他那样儿，觉得一阵阵好笑，心里说：“割一辈子牛草有什么不好？连我也割牛草咧！”

小罗锅儿额头上渗着汗珠儿，涨得红红的。停了一会儿，他才蔫蔫地躺在了草捆上。他长长地吸了口气说：“听说公社工艺制品厂要招懂外语的，这会儿正物色人呢，我想去找管工业的张书记……”

二兰子愣了一下：“你连外国话也会说吗？”

小罗锅儿摇摇头：“还不能算是很会说……”

二兰子觉得有趣极了。她一迭声地喊道：“‘镰刀’怎么说？‘割牛草’怎么说？‘大树林子’怎么说？”

小罗锅儿很认真地一个个说了一遍。二兰子笑了：“也听不出什么来，不过还真是怪好听的……哎呀你真能哩！你怎么学的？”

小罗锅儿两手枕在头下，大仰着脸儿，望着那插向天空的树梢儿，好久没有作声。停了会儿，他声音缓缓地说：“我是来割牛草才开始学的。每天早晨，我天不亮就来到这林子里，背单词，练发音，露水珠儿滴到我脖子里……等树林子亮起来，我就合上书本，伸一个懒腰，要割牛草了。那时候我已经学了一个大早，心里兴冲冲的，河东岸喊来一声，我就应她一声……”

“你应什么不好呢？你偏喊‘大姑娘’！”二兰子装作生气地插上一句。

小罗锅儿的脸红了。他把身子扭到一侧，避开了她那目光。他接上说：“我学得真难哩！背一个大早的单词，割一捆牛草就全忘光了。我差不多都要急哭哩，我学不成了吗？我不想它。我只知道自己这个人有股特别的拗劲儿，用来学外语正好！我只想：英语单词啊，你真难对付！你是什么做的？是生铁、是石头、是金子吗？我要一点点地磨，把你磨成粉面！我只想：人就像这林子里的鸟儿那么多，多么巧的嗓子都有啊，要用上我，我就得比他们高出一大截儿……”

二兰子敬佩地看着他，点点头说：“你行，你去制品厂呗，你是不该割牛草……”

小罗锅儿瞪着眼睛，像僵住了一样，直直地瞅着她。直停了好长时间，他才说了句：“明天，我就去找公社张书记！”

第二天，那是一个大晴天。

二兰子知道他去公社了，她要一个人待在林子里的，但她却早早地来到了原来割草的地方。她无精打采地拉了半晌镰刀，胡乱收拾起一地散乱的草叶，然后就坐在那儿，用镰刀刨着湿乎乎的泥土玩儿。快近中午的时候，身后树叶唰啦啦响，小罗锅儿来了。二兰子一见，立刻从地上跳起来问：

“张书记准你了吗？”

小罗锅儿不言语，倚在了二兰子刚刚打好的草捆上。他停了会儿说：“张书记亲自跟我谈过话哩。他说如今不会埋没人才的，不过已经有好多懂外语的来报过名了，厂里决定通过考试取两名……”

“哎呀，才取两名！”

“就是取一名，我也要去应考的！”小罗锅儿声音低沉，但却非常有力量。

二兰子不言语了。不知为什么，她这会儿老在担心小罗锅儿会考不中。

小罗锅儿斜躺在草捆上，抽根草梗儿在嘴里咬着，皱着眉头苦笑了一下。他仰望着树隙间那蓝蓝的天，突然问了句：

“二兰子，你，生下来就这么好看吗？”

二兰子毫无准备，脸蛋儿马上红了。她把脸转到了一边，生气地噘起了嘴巴。

小罗锅儿似乎并没注意她的表情，仍在仰望着天空，接着刚才的话茬儿说下去：

“你长得多好看哪！你太有福了……哦哦，这是天生的，花钱也买不来的呀……我哩？我生下来弱得不像样子。爸爸要把我扔到沟里，是妈妈抱住了我。你看，我就是这样活下来的——好像压根儿就不该活下来一样。不过我活下来，就要像个人一样地活！那些混乱年头里，一个身上有缺陷的人受的欺辱格外多，可就是在那时候，我夜里做梦也梦见读过的书，书中那些建立伟业的将军……妈妈常常说我：‘孩子啊，你这样不好，你太能争强好胜了！’我问妈妈：‘人，不就是要争强好胜吗？！’”

二兰子很新奇地望着他，觉得他拗极了。她像自言自语似的重复着他的话：“梦见……将军！”

他说着说着激动了，一下子站了起来，急急地在地上走着。那窄窄的额头上又热汗涔涔的了。他昂头看着二兰子说：“做人就是要讲究这个，怎么我们非得割一辈子牛草不可呢？我们不行吗？我们都行！割牛草行，干别的，也保管行咧！”

二兰子手里握着一束草叶，一边编弄着一边笑吟吟地说：“你行哩，咱不行，咱连个字儿也不识。咱割牛草，割到找婆家……”

小罗锅儿听了，猛地转过身来，直直地仰脸望着她，那神情里有惊愕、有惋惜，甚至还有不能抑制的愤怒。他就这样望了一会儿，那声音突然变得嘶哑了，低低地呼喊着：“你不行吗？哎哟，你十九岁活灵灵，怎么能不行？！听你那嗓子，你能唱戏哩！瞧，你那眼，大双眼；那眉毛，又尖又细又长啊！你那身条儿，啧啧，走起路来……哎哎！你怎么？！你平常不知道照镜子、照大镜子吗？”他说着，两个按在膝盖上的手掌微微抖动。突然，他又看到了什么，一把夺过了二兰子手里正编弄着的那个东西，放眼前细细地瞅，那略微有些下陷的眼睛越瞪越大。他看着看着，“呀呀”地喊了起来：“看哪看哪！这就是你刚刚儿——一忽儿编出来的吗？哎哟，多好的一头小草马呀！你多能，多巧啊！简直能当‘编匠’哩！你就不知道看看你自己！你还说不行，你干什么都行——你看我——再看你——你怎么还说不行呢？”

小罗锅儿急切切地望着二兰子，激动得不知怎么才好，那下颏骨不停地颤动，一双手在腿上使劲儿地摩擦了两下，又转身在地上急急地走动起来。

二兰子惊住了！她呆呆地望着他，一动不动地望着。望着望着，突然她肩膀一抖，不出声地哭了！

泪水顺着脸颊流下来，晶亮晶亮的。她伸手抹了一下，那泪水越发涌得快了。最后，她竟呜呜地哭出了声音，使小罗锅儿吃了一惊。

“二兰子……”小罗锅儿叫着。

二兰子就像没有听到，只是哭着。

“你怎么不吱声儿呢？”

“呜呜……”她哭着，两手捂在脸上，使劲儿摇了摇头……她今年十九岁了，十九年来，有谁这么看重过她、为她激动成这样呀？没有！谁都没觉得她一辈子割牛草有什么不好。她仿佛一瞬间又看到了那个破了半边的菜篮子，带着一截铁链的牛缰绳，还有那十九年里踏烂了的、至今还没舍得扔掉的大大小小的粗布鞋子……她哭啊哭啊，泪水把花衫儿都打湿了。

小罗锅儿紧紧盯着她那抽动的肩头，这会儿终于明白了她在哭什么！

二兰子抹着眼角的泪花问：“我除了割牛草，干别的能行吗？”

“行！人若有志气，铁杵磨成针……”小罗锅儿非常肯定地回答……

停了好一会儿，他们才稍微平静一些。

灿烂的阳光照耀着林子，那树干，那草地，一切都抹上了一层银样的东西。到处都在闪光啊。树林子到了喧闹的时候：风声、鸟声、远方的人声……小罗锅儿大概激动之后变得疲劳了，又斜躺在了草捆上。阳光透过头上的枝叶落在了他的脸上。他这时喃喃的、怀着无限的柔情，用一种最美的男中音说：

“二兰子，你听咧！你听咧！你听这大林子里多热闹啊！风在吹箫，树叶儿奏琴，小鸟在歌唱……你就不觉得这是一曲挺好的交响乐吗？当我割完牛草的时候，当我学累了休息的时候，我常常爱一个人在林子里，默默地闭上眼睛听哩。我在听什么呢？我是在听这世上各种各样的音儿，我常常想：一个人，难的是不断地看准他自己。我们就不该给这林子添上一种声音吗？我们也有自己的嗓子，我们怎么就不该喊出自己的声音来呢？”

二兰子一边看着绿色的林子，一边听着甜美的话外音。她似乎是真正的听懂了，这会儿严肃地点了点头。

这天，他们谈了很久，分手时已经很晚了。小罗锅儿最后告诉她，他已经做好了应考的准备。

……

他们分手了，小罗锅儿走了五天。

五天，多漫长的五天哪，二兰子一个人割着牛草，她那么想念小罗锅，有时寂寞得厉害，就一个人站到那棵曾经给她留下极深印象的老弯榆下，望着那林梢上缠绕的乳白色的晨雾，喊几声“大刀小刀”。每每喊完，她就觉得痛快，也觉得好笑：“这么喊，可是我自己发明的！”

第六天，小罗锅儿来了！

他穿了一件崭新的衣服，那头发也细细地梳过……二兰子似乎并没有特别注意这一切，只兴奋地迎上前去。但他却哎哎地往后退了一步。二兰子恼火地问：“你怎么结巴开了！”小罗锅儿挠着头：“没、没有结巴……”停了会儿，他走上前来说：“二兰子，我，我今天是……不割牛草了！”

二兰子这才注意到他今天根本就没带麻绳儿、镰刀。

停了半晌，小罗锅儿掏着衣兜说：“咱俩一起割草有多少天了呢？我也记不准。大概……很久了吧。我今天，想送你一件礼物……”

他费力地掏着，当一条鲜艳的纱巾从裤兜里一点点扯出来时，二兰子飞快地蹦到了一边。她惊讶地瞪大了眼睛，望着小罗锅儿，好像刚刚明白似的说：“哎呀，我总看你岁数比我大一截儿，没想到你在打这个鬼主意呀……俺不愿要！”

小罗锅儿像被击了一下，身子猛地一抖。他站在那儿，一脸虔诚地望着她，一条纱巾在手上颤动着。他语调平缓、非常激动地说：“二兰子，你多好哩！你到底有多么好，连你自己也不知道哩。你在我眼里像个水晶人儿，那么透亮，干净得没有一丝灰污气儿，我哪敢去想那些。我只是想，以后，很多很多年以后，我会想起在树林子里，送给过一个非常漂亮的姑娘一条……红纱巾……”

“俺不能要……”二兰子低下了头。

小罗锅儿怔怔地望着她，最后失望地坐在了地上。他一声不吭，用纱巾蒙住了脸，轻轻地摩擦着，摩擦着，最后放在膝盖上整理平整，极其认真地叠好，重新装进兜里……他的头深深地低了下来，那刚刚还是粉红的额角这会儿变黄了……不知过了多长时间，他站了起来，对在低头捏弄衣角的二兰子说：

“我今天来，也是跟你告别的。我考中了，明天就去厂里报到……”

二兰子的眼睛一亮：“真的？”

“真的！”

他无比友爱地望着眼前这个割草伙伴，深情地看着她，最后礼貌地点了点头，恋恋不舍地转身走了……

二兰子直盯着他的背影，看着他消失在一片浓浓的绿色里……她一下子坐在了地上。她瞅瞅四周，觉得那么孤单、那么寂寞。不知又停了多长时间，她才从地上艰难地站起来。望着眼前踏乱的一片青草，她突然感到他是再也不会来割牛草的了，心上不由得一紧，两眼不知不觉涌上了一汪儿泪水。她知道他刚才被自己深深地伤害了，一颗心疼得发抖，这时突然想到了什么，扒开跟前的灌木，紧跑几步，带着满眼的泪水，向前放开声音喊着：

“大刀来——小刀来——”

尾音儿在林中回荡着，传过一片刀刀的声音……他能回应吗？哦哦，他能听到吗？他走开多远了呢？

二兰子屏住了呼吸，一动不动地站在那儿。她这样等了一会儿，终于失望地转过身去——但正在她往前迈步的时候，却听到了那个由弱到强、由模糊到清晰、从远方传来的呼喊了！啊，那是他从远远的林间传来的声音——

“大姑娘来——小姑娘来——”

二兰子欣慰地笑了。她在这喊声里抹去了泪花，随着那脸相也变得庄严了。她在想：“他走了，我也该走了，但这要怎样走呢？林子里的路那么多，横一条小路，竖一条小路……”

那尾声儿悠悠不绝，无边的树林仍在鸣响。这声音扩展到了一个更广阔的世界里，起落、震荡，交织成一个有力的回响，深沉、昂扬，像乐章里奏出的和声……二兰子一动不动地谛听着，抿着嘴角。她四周都是高入云天的大树、是蓬蓬勃勃的草木。她谛听着，渐渐觉得自己也融化在一片无垠的绿色里了……

1982 年 3 月于济南

名家点评

读《声音》的时候我才感觉到这个作家怎么这么像我，我做梦都想写出像《声音》这样的小说来，尤其是在一片荒凉的山坡上的树林里面，割草的小姑娘不断地喊着“大刀来、小刀来”，“大刀来、小刀来”到底有什么具体的意义呢？有一个读者曾经问过我。我说可以没有意义，可以经常随便地喊。因为我们童年的时候，经常喊出毫无意义的字来，当作发泄内心深处的想法和愿望的行为。

中国作家协会副主席，诺贝尔文学奖得主，作家　莫言

《声音》既没有复杂曲折的故事情节，也没有意义重大的社会内容，作者主要写一对农村男女青年在平凡的劳动中相识的经过，成功地刻画了女主人公二兰子的形象，在人物描写中，作家特别用他那支富有激情的笔层次分明、细致入微地描绘出这位农村少女复杂微妙的情绪波动及其心灵发展演变的轨迹。

张炜是一位公认的具有强烈感情的作家，对于他来说创作是一种内在的生命体验。从《声音》中，我们可以深切地感受到，张炜把对家乡亲人的一片痴情完全倾注在对人物的刻画和环境的描写之中，使作品具有一种强烈的氛围和浓郁的诗情。在作家的笔下，二兰子宛如一棵在田野盛开的野牡丹，是那样的生机勃勃、光彩照人，对二兰子神态、动作的描写，完全可以看作一首赞美青春和劳动的抒情诗。

文学评论家　宗元

张炜创作谈：

这是一个外号叫“瓜魔”的少年与两个老人和一个水潭的故事。瓜魔是精灵，水潭是中心。水潭在一片西瓜地的中央，不远处是大海，瓜魔就在这个环境里出没。他们很像是童话里的人物，尽管其中的一个老人很势利，但仍然不能冲淡这浓浓的童话意味。

生活中有一些最美好的东西，维持和发展了我们的生趣与意义，让我们这个民族变得生机勃勃。有时候好心好意也会破坏一些不该破坏的东西，留下永久的遗憾。比如说老六哥一气之下赶走了瓜魔，损失就大了。神秘而怪异的孩子是天赐之物，由他在一片瓜田里来去自如，这片瓜田就神奇了。

“一潭清水”可以洗去孩子身上的盐，还可以浇灌西瓜。没有了这潭清水将是很大的损失。这水和这孩子一样，都深深地吸引了我。当然，是瓜和水一起引来了孩子，这两项缺一不可。有一些精灵一样的生命是至为宝贵之物，这哪里是几个西瓜所能交换的？

短篇

一潭清水

海滩上的沙子是白的，中午的太阳烤热了它，它再烤小草、瓜秧和人。西瓜田里什么都懒洋洋的，瓜叶儿蔫蔫地垂下来；西瓜因为有秧子牵住，也只得昏昏欲睡地躺在地垄里。两个看瓜的老头儿脾气不一样：老六哥躺在草铺的凉席上凉快，徐宝册却偏偏愿在中午的瓜地里走走、看看。徐宝册个子矮矮的，身子很粗，裸露的皮肤都是黑红色的，只穿了条黑绸布镶白腰的半长裤子，没有腰带，将白腰儿挽个疙瘩。他看着西瓜，那模样儿倒像在端量睡熟的孩子的脑壳，老是在笑。他有时弯腰拍一拍西瓜，有时伸脚给瓜根堆压上一些沙土。白沙子可真够热的了，徐宝册赤脚走下来，被烙了一路。这种烙法谁也受不了的，大约芦青河两岸只有他一个人将此当成一种享受。

一阵徐徐的南风从槐林里吹过来。徐宝册笑眯眯地仰起头来，舒服得不得了。槐林就在瓜田的南边，墨绿一片，深不见底，那风就从林子深处涌来，是它蓄成的一股凉气。徐宝册看了一会儿林子，突然厌烦地哼了一声。他并不十分需要这片林子，他又不怕热。倒是那林子时常藏下一两个偷瓜贼，给他带来好多麻烦。那树林子摇啊摇啊，谁也不敢说现在的树荫下就一定没躺个偷瓜贼！

种瓜人害怕偷瓜贼哪行！徐宝册对付偷瓜贼从来都是有办法的，而老六哥却往往不以为然。白天，徐宝册只这么在热沙上遛一趟，谁也不敢挨近瓜田，而老六哥却倒在铺子上睡大觉。如果是月黑头，偷瓜贼们从槐林里摸出来，东蹲一个，西蹲一个，和一簇簇的树棵子混到一起，趁机抱上个西瓜就走，事情就要麻烦一些。有一次徐宝册火了，拿起装满了火药的猎枪，轰的一声打出去……天亮了，徐宝册和老六哥沿着田边捡回几十个大西瓜，那全是偷瓜贼慌乱之中扔掉的。老六哥抱怨地说："何必当真呢？偷就让他偷去，反正都是大家的，偷完了咱们不轻闲？你放那一枪，没伤人还好，要是伤着个把人，你还能逃了蹲公安局？”宝册只是笑笑说：“我打枪时，把枪口抬高了半尺呢！嘿，威风都是打出来的……”

一些赶海人都知道，老六哥的确是个大方人，所以常在瓜铺里歇脚。每逢这时，宝册由不得也要和他一样大方。有一次他烧开了一桶桑叶子水端上来，被一个满脸胡子的海上老大提起来泼到了沙土上。老六哥哈哈大笑着，便到瓜田里摘瓜去了。他一个腋下夹着一个熟透的西瓜，仍然哈哈大笑说：“反正都是集体的瓜，吃就吃吧，只要不在夜里偷就行。”宝册也来了一句：“人家把开水泼了，咱就乖乖地摘来瓜，威风都是泼出来的！”说完也哈哈大笑起来。他接过老六哥腋下的一个花皮大西瓜，顶在圆圆的肚子上，转回身子，来到一块案板前，放手摔下去。西瓜脆生生地裂成几块儿，红色的瓜瓤儿肉一般鲜，赶海的每人抢一块吃起来。

有个叫小林法的十二三岁的孩子常来瓜铺子里。这孩子长得奇怪：身子乌黑，很细很长，一屈一弯又很柔软，活像海里的一条鳝。他每次都是从北边的海上来，刚洗完海澡，只穿一条裤头儿，衣服搭在手臂上，赤裸的身子上挂着一朵又一朵泛白的盐花。盐水使他周身的皮肤都绷紧起来，脸皮也绷着，一双黑黑的眼睛显得又圆又大，就连嘴唇也翻得重一些，上边还有几道干裂的白纹。滚热的沙子烙痛了他的脚，他踮起脚尖，一跛一跛地走过来，嘴里轻轻叫唤着："嗦！嗦！嗦嗦……"

徐宝册一看到他这个样子就不禁乐了起来，躺在铺子里幸灾乐祸地喊着："小林法！小林法！快来……"他还常常跑上几步，把小林法拦在铺子外边，故意把他掀倒在地上，让沙子炙他赤裸的身子。小林法"哎哟哎哟"地叫着，在沙子上翻动着，笑着，骂着……徐宝册把自己的一只脚扳到膝盖上，指点着那坚硬的茧皮说："你的功夫不到，你看我，烙得动吗？"

小林法到了铺子里，就像到了自己家里一样。他躺在凉席上，两脚却要搭在宝册又滑又凉的后背上，舒服得不知怎么才好。宝册常拿起烟锅捅进他的嘴里，他就闭上眼睛吸一口，呛得大声咳嗽起来。老六哥在一旁对小林法说："嘿，不中用！我像你这么大已经叼了三年烟锅了！"小林法这时候就把脚从宝册的后背上抽下来，蹬老六哥一脚说："你中用，敢跟我到海里走一趟吗？我到哪儿你到哪儿，敢吗？"老六哥不吱声了。他当然是不敢的：小林法长得像条鳝，水里功夫也是像条鳝的。

小林法在铺子里玩儿不了一会儿，就嚷着要吃西瓜。只有在这个时候，徐宝册和老六哥的意见才是完全一致的，二人毫不犹豫地起身到瓜田里，每人抱回一个顶大的西瓜来。小林法很快吃掉一个，又慢悠悠地去吃另一个……他的肚子圆起来时，就挪步走出铺子，往瓜地当心那里走去了。

那里有一潭清水。

那潭清水是掘来浇西瓜的。平展展的水面上，微风吹起一条条好看的波纹。潭水湛清，潭中的水草、白沙都看得一清二楚。这实在是一个可爱的水潭。小林法常在这儿游上几圈，洗去身上的盐水沫儿。徐宝册和老六哥笑眯眯地蹲在潭边上，看着他戏水。

小林法就像是水里生的、水里长的一样，游到水里，远远望去，还以为他是条大鱼呢。他不怎么吸气，只在水里钻，一会儿偏着身子，一会儿仰着胸脯，两手像两个鳍，一翻一翻，身子扭动着，有时他兴奋劲儿上来，又像一只海豚那样横冲直撞，搅得水潭一片白浪，水花直溅到潭边两个老人的身上。

他从水中出来，圆圆的肚子消下去了，又重新吃起西瓜，直到只剩下一块块瓜皮。老六哥说："你真是个'瓜魔'！"徐宝册点点头："瓜魔！瓜魔！"

日子长了，他们仿佛忘记了小林法的名字，只叫他"瓜魔"了。

瓜魔原来是个收养在叔父家里的孤儿。他对读书并没有多少兴趣，叔父对管教他也并没有多少兴趣，他从五六岁起就在大海滩上游荡了。他在瓜田，绝对没有白吃西瓜，他常常帮助给瓜浇水、打冒杈，一边做活一边笑，在太阳底下一做就是半天。徐宝册疼他，喊他进草铺里歇一歇，老六哥却总是吸一口烟，笑眯眯地望他一眼说："让他做嘛！用瓜喂出来的一个好劳力嘛！"瓜魔实在做累了，就到海里去玩，回来时总在身后藏两条鱼，还都是少见的大鱼哩。两个老人怎么也弄不明白，他一个小小的孩子两手空空，怎么就能捉住那么大的鱼？不过也从不去问，因为他们觉得瓜魔也和一条很大的鱼差不多，"大鱼"逮条"小鱼"，大概总不难吧？两个人自己起灶，把鱼做成鲜美的鱼汤、鱼丸子、鱼水饺。有时瓜魔带来几个螃蟹，还有时带来几个乌鱼、八腿蛸、海螺、海蚬子……应有尽有。有一次他们吃过饭之后，问瓜魔怎么逮住了那条鱼，像腰带一样细细的长长的那条？

瓜魔说："捡根粗铁丝就行。这鱼老爱往岸边游，你瞅准它，一下子抽过去，就被抽成两截了，百发百中的！"两个老头儿笑了，嘴里学他一句："百发百中的！"

瓜魔隔不了几天就要来一次，徐宝册和老六哥吃不完他的鱼，就用柳条儿穿了晒鱼干。这个小小的瓜铺就像磁石一样吸引着瓜魔，因为他一来，徐宝册和老六哥总乐于为他摘最大的西瓜。他们对这么个瘦小的孩子能一口气吃下那么多西瓜，开始觉得奇怪，后来倒觉得有趣了，来少了就念叨他。

这天，太阳偏西的时候，瓜魔又来了。入夜，他破例留下来，就睡在这铺子上。徐宝册没有娶过老婆，当然也没有儿子逗，半夜里常要伸手去摸摸瓜魔那热乎乎的肚子，觉得是一大快事。他想象着如果早几年结婚，有个儿子如今也该这般大了。他和老六哥是轮流睡的，要有一个为瓜田守夜。该他守夜时，他就把瓜魔叫醒，两人一起到地边上支起小锅煮东西吃。东西都是瓜魔出去找来的，无非是些刚长成小纽儿的地瓜、鼓成水泡仁的花生……这些东西撒上盐末煮一煮，味道都是极鲜的。

海风送过来一阵阵腥味儿。夜气很重，他们坐在火堆边上，衣服还是有些潮湿。空中的星星又密又亮，他们都觉得这会儿离星星近了许多。海潮的声音永无休止，虽是淡远的，但远比水浪拍岸深沉，那是硕大无边的海和整个地球岩石摩擦的声音。在这幽深的夜里，它和高空眨动的星光、远方林涛的振响一起，组成一个极为神秘的世界。芦青河在连夜急匆匆地奔向大海，那声音嘹亮而昂扬，不断安慰和鼓励着守夜的人们。

瓜魔斜倚在徐宝册的身上，看着远处升起的半个月亮。他突然说："宝册叔，我明年也来跟你们干吧！我喜欢这个活儿，晚上不会瞌睡……"

徐宝册从铁锅里捞出一块地瓜纽儿填到嘴里嚼着，摇摇头。

"怎么呢？"

"你该到海上学拉网，那才叫有出息！等你老了，年纪像我们差不多时，再来吧。"

瓜魔沉默着。从海岸隐隐传来拉夜网的号子声，他倾听了一阵儿，说："我去要几条鱼来煮上！"

瓜魔去了，提来几条鲅鱼煮到了锅里。徐宝册又点上了烟锅，吸了几口，说："讲点故事吧……"

铁锅下的木炭响了一声。瓜魔说："你讲吧，你是老人，老人十个里面有八个装了说不完的故事。"

徐宝册把那条又宽又肥的半长裤子提了提，说："那一年上，我种了棵南瓜，就种在屋后头。最后你猜怎么了？生出了一窝地瓜。"

瓜魔笑得肚子都疼了。他嚷着："我有一年种了一棵苞米，到头来你猜呢？生出一棵蓖麻！"

"胡说！"徐宝册严厉地打断他的话，磕掉了烟灰，"你胡乱编排些什么！"

瓜魔说："你不也是胡乱编排吗？"

"我不是，"徐宝册摇摇头："我邻居家的孩子给我偷着埋下了地瓜呀……你看，是这样的。"

瓜魔无声地笑了。他把身子滚动一下，挨近一棵西瓜秧，摘下一个瓜来。他吃着瓜说："我想起一个故事来——这可不是编的，一点不是，是我亲眼看见的。那一年芦青河涨水，听人说河里的鱼多极了。好多人都鼓动我进河捉鱼去。我那几年就愿睡觉，头一碰着什么就粘上了，再也不愿抬起来……"

"小孩子都这样的。"徐宝册也掰了一块西瓜，咬了一口说。

“也不都这样。恐怕这是种毛病——我叔叔就说这是种毛病。”瓜魔这时候不吃瓜了，一只手撑着地，半挺着身子讲他的故事了，“那一天大雾，芦青河就笼在一片灰白色的雾里。哎呀，好大的雾呀，我从家里走到河边上，衣服就湿了……河里这天没有多少人捉鱼，他们都怕雾呀，怕在对面不见人的时候被水里的妖怪拖进水里去。我倒不怕，直顺着水游下去，就在河口那儿的一片大水湾里停住了……”

徐宝册一直眯着眼睛，这时睁开眼插一句：“是那片在三伏天也冰凉的水湾里吗？”

瓜魔点点头：“嗯。”

徐宝册重新眯上了眼睛：“那里面听说有不少鳖哩。”

瓜魔摇摇头：“我在那儿捉到一条很大的鱼——它用鳍把我的小腿肚儿划开一道口子，惹恼了我，我用拳头砸了一下它的脑袋，它才显得老实了。我像抱个小孩儿一样把它抱上岸来，它直拱动，老想再回到河里去。我就紧紧抱着它……后来走在路上，累了歇息的时候，我就搂着这条鱼睡去了。醒来一看，鱼不见了，肚子上只沾了几片鱼鳞……”

“哪儿去了呢？”徐宝册蹲起身子，惊讶地问。

瓜魔揉揉眼睛："谁知道！到现在我也不知道。只是第二天我到龙口街上赶集，看见一个小姑娘卖一条鱼，越看，那鱼越像我捉的那条……"

徐宝册不作声了。他开始吸那杆烟锅。

瓜魔讲到这儿像是疲倦了，身子一仰躺了下来。他又伸手去拿起一块吃剩的瓜，放在嘴里吮着，并不咬，两眼一直望着那布满星星的天空。

蝈蝈儿在瓜垄里叫了起来。各种小虫儿也用千奇百怪的声音应和着。铁锅往外噗噗地冒着气，鱼的香味儿很浓了。徐宝册起身把铁锅端下火来。

一个人迈着拖拖拉拉的步子走过来，走到近前才看出是老六哥。他不作声，蹲在了火堆旁，怕冷似的烘了烘手。他看到那一片片瓜皮，就伸手在瓜魔的肚子上捅一下说："真是个瓜魔！"

他们三个人一块儿将鱼吃了。这是一顿很丰盛的，也是一顿很平常的夜餐……

第二天，徐宝册和老六哥摘下了堆得像小山一样的西瓜，叫队上的拖拉机拉走了。搬弄瓜的时候，他们发现一个黑皮上带有花白点的大个儿西瓜，立刻就挑拣出来，藏到了铺子下边。他们记得去年就有这样的一个瓜，切开皮儿就有股香味扑出来，咬一口，甜得全身都要酥了。徐宝册说：“留着瓜魔来一块儿吃吧。”老六哥点点头：“一块儿吃。”

一连两天瓜魔都没有来。西瓜从铺子下滚出来，徐宝册用脚把它推进去，说：“瓜魔这东西把我们两个老头子给忘了。”老六哥说：“瓜魔能忘了我们老头子，可他忘不了瓜！”徐宝册点点头：“也忘不了海——这小东西，简直是鱼变的！这小子该到海上学打鱼。他原想以后跟我们来做营生呢……”

老六哥听到最末一句想起个事情。他说：“听人讲，村里的土地以后都要搞责任承包了——还没讲瓜田承包不承包呢。”

徐宝册笑笑：“承包怕什么？承包不就是咱俩的事儿了？别人也不敢揽这瓜田——这得有手艺呢！”

老六哥点点头：“就是呀，我讲的意思，也就是到时候咱俩瞪起眼睛来，可不能让别人承包走了。”

天气出奇的热，傍晌午的时候，瓜魔胳膊上搭着衣服从海上来了。徐宝册坐在铺子上，老远就瞅见了，兴奋地吆喝着："嘿，你这小子！这几天跑哪儿去了？"

瓜魔仰着脸儿走过来，似笑非笑地眯着眼睛，身子晃晃荡荡的，像喝醉了酒。他唱着什么歌儿，一扭一扭走过来，躺在了铺子上。他喊着："吃瓜吃瓜！"

"这个瓜魔！"徐宝册招呼一下田里的老六哥，从铺子下边滚出了那个大西瓜……真快意呀！谁吃过这样的西瓜呢？瓜魔兴奋地在铺子上打了几个滚儿，然后才到那潭清水里洗澡去了。徐宝册和老六哥也到瓜田里做活，路过水潭，每人顺便抓起一把沙子扬了进去，使得瓜魔在里面骂了一句。

村子里来人告诉徐宝册和老六哥，晚上要开会商量责任田承包的事，让他们去一个开会。

这个消息使两个看瓜的老头子整整兴奋了半天。徐宝册要去开会，老六哥不同意，说："你这个人关键时候话来得慢，我不放心。我去算了。"争执的结果，决定由老六哥去参加。

徐宝册觉得这事情不比一般，很需要运用一番自己的智慧。他想了好多，都想对老六哥嘱咐一遍，这使得老六哥都有些腻烦了。徐宝册打着冒杈，说："比如这冒杈吧，不比往年长那么旺——这是瓜秧不壮啊！不错，化肥也使了不少，可天旱，也只得不停地浇。结果呢？肥料都给冲到地下去了……这些，你都得跟领导说，让他们知道承包下来也不是便宜的事。”

老六哥听了暗暗发笑，徐宝册想到的他全想到了，他只不过将什么都藏在心里罢了。他觉得，今天手腕子也好像比过去强劲了些。他像囫囵吞下了一个大西瓜，心里老觉得沉甸甸的。他步量了一遍瓜田，又在靠近槐林的地边停住了步子。他想：如果承包下来，就是和自己的瓜田一样了，那么，这儿最好能架起一排荆棘篱笆，挡住那些偷瓜贼……

傍晚老六哥回村开会去了，半夜时分才回来。

老六哥笑模笑样的，这使徐宝册的心一下子放了下来。他问：“六哥，承包给咱们了吧？”

老六哥点点头：“不承包给咱们，谁敢揽这技术活儿？我一发话，会上没说二话的。没跟你商量，我就代你在合同上按了手印。我早算准了，咱们年底每人少说也能赚它五百块钱！”

“哎呀！哎呀！”徐宝册上前搂住了老六哥的腰，呼喊着，捶打着，说：“瓜魔算‘魔’吗？你才算‘魔’！你这家伙鬼精明，你掐一掐手指骨节，计谋就来了。行啊，亏了这回承包！新政策是谁定的？我老宝册要找到他，敬他一杯大曲酒！”

老六哥搬来小铁锅，找来一条干鱼，放在里面煮上了。两人坐在一块儿吸着烟锅，谁也不想先去睡觉。老六哥吸着烟，伸出手捏住徐宝册的半长黑裤，拉了两下说：“看看吧！多丑的一条裤子……”徐宝册满脸愠怒地斜了他一眼，把他的手扳掉。老六哥笑吟吟地说：“这都是没有老婆的过。有老婆，她早给你做条好裤子了。”徐宝册的脸有些烧起来，只顾一口接一口地吸烟。老六哥又说：“今年卖了瓜，赚来钱，先去娶个老婆来！你总不能一个人老死在屋里吧……”徐宝册抬头望着远处月光下那片黑黝黝的槐林，嗫嚅道：“也……不一定……”

“哈哈哈哈……”老六哥听了大笑起来。

徐宝册也笑起来，这笑声直传出老远，在夜空里回荡着，最后消失在那片槐林里了。

天亮了，他们立即着手在靠近槐林处架荆棘篱笆了。瓜魔来了，就忙着为他们砍荆棵子……徐宝册告诉瓜魔：瓜田承包下来了，这片西瓜就和自己的差不多了。瓜魔听了乐得不知怎么才好。老六哥低头绑着篱笆，这时回头瞅了瓜魔一眼，没有吱声。瓜魔于是走到他的身后，在他的腰上轻轻按了一下。老六哥突然抛了手里的东西，瞪起眼睛喝道："你小子打人没轻重，乱戳个什么！"

老六哥的样子怪吓人的，瓜魔吃了一惊，往后蹦开了一步。

徐宝册很惊奇地望望老六哥的腰，说："就那么不禁戳吗？"

老六哥没有吱声，只是涨红着脸低头做活儿。

三个人整整用了一上午的时间才架好篱笆。午饭做的鱼丸子、玉米面锅贴儿，瓜魔只吃了很少一点，就躺到铺子上去了，仰着脸，扭动着。他嘴里哼唱着，一边把脚搭在徐宝册光滑的脊背上。老六哥一直皱着眉头吸烟，这时一转脸看到了，说："真是贱东西！他整天做活累得不行，你还要把脚搭在他背上！真是贱东西！"瓜魔在过去总要把脚挪到他背上的，可是这回看到他阴沉沉的脸色，就无声地把脚放在了铺子上。

吃完饭后，照例要吃西瓜了。徐宝册见老六哥不愿动弹，就自己到田里摘来两个瓜。可是吃瓜时，老六哥只是吸烟……瓜魔离开以后，徐宝册扳过老六哥的膀子问：

“六哥，你身上有些不对劲儿？”

老六哥只是吸烟。

“你不吱声我也知道。你掐一掐手指骨节就生出来的计谋，我都知道！你心里想心事，只是嘴上不说！”徐宝册盯着他的脸，硬硬地说。

老六哥磕打着烟锅，板着脸，慢声慢气地说：“瓜魔不能多招惹的，他不是个正经孩子。”

徐宝册哼一声，扭过头去说：“瓜魔是个好孩子！”

“你看看吧，”老六哥往瓜魔常来的那个方向指点一下说：“正经孩子有他那个样儿吗？黑溜溜像铁做的，钻到水里又像鱼，吃起瓜来泼狠泼愣！”

徐宝册气愤地将卷在膝盖上的裤脚推下去，站起来说：“你有话就直说，用不着这么转弯抹角的。瓜魔一个孩子又碍了你什么！哎哎，你真是变成‘魔’了！”

这是他们最不愉快的一次。这一天，他们简直没有说上几句话，只顾各忙各的事情了。

以后瓜魔来到，老六哥总是离他远远地坐着。瓜魔带来的鱼，他似乎也不感兴趣了。瓜魔到水潭里洗澡，也只有徐宝册一个人跟去看了。徐宝册背着瓜魔对老六哥说：“六哥，你心胸窄哩！你不像个做大事情的人！”老六哥顶撞一句：“我也没见你做成什么大事情！”

瓜魔不知有多少天没来了，徐宝册常常往大海那边张望。可他除了看到远处海岸上那一长溜儿活动的拉网的人之外，几乎没有看到别的。夜里，他一个人烧起小铁锅，或者一个人走在瓜田里，总觉得少了些什么。

一天早上醒来，他对老六哥说：“昨夜我刚睡下，就梦见瓜魔来了，蹲在瓜田南边，就是篱笆那儿，和我煮一锅鱼汤。”

老六哥点点头：“煮吧。”

徐宝册眼神愣怔怔地望着篱笆说：“煮好以后，我梦见他跟我要烟锅，我没给他。”

“你该给他！”老六哥讪笑着说。

“我没有给他。”徐宝册摇摇头，“我梦见他好像生了气，说再也不来了……”

老六哥嘴角上挂了一丝讥讽的笑容。

又有一天，徐宝册正给瓜浇水，一抬头看到海边上有个人在向这边遥望，那身影儿很像是瓜魔。他抛了手里的水桶，上前几步喊道：

“瓜魔呀？是你这小子！你怎么不过来呀？瓜魔——瓜魔——”

那是瓜魔，徐宝册越看越认得准了，于是就一声连一声地喊他，用手比划着让他过来。可是瓜魔无动于衷地站在那儿，望了一会儿，就晃晃荡荡地走开了……徐宝册愣愣地站在那儿，两手紧紧地揪着自己肥大的裤腿。

老六哥对他说：“你再不要喊那东西了——他是再也不会来了。有一次你不在，他坐在铺子上吃瓜，吃下一个还要吃，我阻止了他。这小子一气走了。”

徐宝册听着，啊了一声，瞪大眼珠子盯着老六哥。

老六哥有些慌促地挪动了一下身子，避开对方的眼睛。

徐宝册却只是盯着他……停了一会儿，徐宝册寻了一个最大的西瓜，顶在肚皮上抱回铺子，对准那个案板，狠狠地摔下去。西瓜碎成一块一块，他两手颤抖着拢到一起，捧起一块吃着，瓜瓤儿涂了一腮。吃过瓜，他就躺在凉席上睡着了。

老六哥把这一切看在眼里，不敢说一句话。

徐宝册醒来后，老六哥坐在他的近前。徐宝册眼望着北边的海岸线说：“我早就知道你是舍不得那几个瓜！你要发一笔狠财，你不说我也知道！瓜魔平日里帮瓜田做了多少活儿？送来多少鱼？你也全不顾了……”

当天下午，徐宝册就到海上寻找瓜魔去了。

瓜魔在海里。他爬上海岸，坐在徐宝册的身旁哭了。眼泪刚一流下来，他就伸出那只瘦瘦的、黑黑的手掌抹去，不吱一声。徐宝册要他再到铺子里去，他摇摇头，神情十分坚决。最后，老头子长叹了一声，走开了。

两个老头子还像过去一样，每天给瓜浇水、打杈子；晚上，还像过去那样给瓜田守夜……可是，他们不再高声谈论什么，也不再笑。徐宝册无精打采，他觉得自己突然变得没有力气了……终于有一天他对老六哥说：

“六哥！我忍了好多天了，我今天要跟你说：我不想在瓜田里做下去了。你另找一个搭档吧。真的，开始我忍着，可是以后我不能再忍了。咱俩在一起种了多年瓜，我今天离去对不起你哩，你多担待吧！”

老六哥惊疑地咬住嘴里的烟锅，转着圈儿看徐宝册，说：“你，你疯了……”

徐宝册说：“我真的要走，今天就回村里去。”

老六哥这才知道他是下了决心了，有些失望地蹲在了地上。

徐宝册说："还是李玉和说得好：'我们是两股道上跑的车，走的不是一条路啊！'……"

老六哥声音颤颤地说："什么时候了，还有心去说这些！"他洒下了两滴浑浊的眼泪……突然，他站起来，低着头，只把手一挥说："走吧，宝册，有难处再来找你老哥我！"

徐宝册离去了。半月之后，他重新与别人合包下一片海滩葡萄园，到园里看葡萄去了……瓜魔又常常去园里找他玩儿，两人像过去那样睡在草铺子里，半夜点火烧起鱼汤……

一个晚上，他们仰脸躺在草铺里，瓜魔又把脚搭在了徐宝册光滑的后背上。他用那沙沙的嗓子唱着什么，声音越来越轻，终于一声不响了。停了一会儿，他对徐宝册说："我真想那个瓜田……"

徐宝册笑笑："你想吃瓜了？瓜魔！"

瓜魔坐起来，望着迷茫的星空，执拗地摇摇头："我是想那潭清水……真的，那潭清水！"

徐宝册没有作声。

这是个清凉的夜晚，风吹在葡萄架上，唰唰地响……徐宝册声音低缓地自语道：“葡萄园也需要个水潭呢，我想在这儿动手挖一个……”

瓜魔的眼睛一亮：“那水潭不是好多人才挖成的吗？我们能行？”

徐宝册点点头。

瓜魔笑了：“我真想那潭清水……”

一个早晨，一老一少真的找了块空地，动手挖水潭了。大概泥土很硬，他们一人拿一把铁锹，腰弯得很低，在橘红色的霞光里往下用着力气……

1983 年 5 月于济南

名家点评

张炜的小说流露着浓郁的生活气息和一种浓烈的对于乡土、对于人民的爱，还有生活本身所固有的而非外贴的哲理与诗情画意。他写农村的新气象，绝无政策条文图解的痕迹。他忠于生活，更忠于自己的富有人情味的理想，既是人生理想也是审美理想。在《一潭清水》里，他不动声色而又意味深长地讲述了一个平实的生活故事。在欢呼责任制的实施、农村生活的进展的同时，他提醒人们不要忘记人和人的关系里的那一潭清水，那是友情的清水，是纯朴的理想的清水，是滋润和净化人的灵魂的清水。张炜的小说写得既扎实又浪漫，既含蓄又有味道，饱含着哲理却又不着一字议论，爱与憎、颂与责、情与理都恰到好处。

作家，学者　王蒙

《一潭清水》虽然也是抒情小说，但是，情感基调变得复杂，不仅仅是明朗的，也有低沉、忧郁的成分。故事非常简单，却包含张炜小说非常重要的完整的二元对立的价值体验：自然与社会的两极对立。《声音》把对自然的美好体验投射到人生、社会上，自然与社会是和谐的、统一的。《一潭清水》里的自然与社会却出现了分裂、对立。这种二元对立或许在许多作家那里都一定程度存在，但是，在张炜这里却非同一般，格外重要，是张炜文学的基本结构和力量所在，决定了张炜的文学风格，构成了张炜的叙事动力。他的主要创作，就是以各种不同的笔墨表达这种世界观。

吉林大学文学院教授，文学评论家　王学谦

张炜创作谈：

那一年生病住院，时间长了些，有三个月。这么长的时间只在病房里，躺的时间占去了大半。当时想得最多的就是我在龙口一望无际的野地里的那种感觉。好像就要失去那种野地里才有的幸福一样，心里有许多悲悼似的情绪在弥漫。

当时我行动不便，但还是在纸上记下了这些情绪。我写得非常慢，从来没有这么慢。第一个月不能写，后来两个月过去了才写了一二张纸。

出院正逢济南可怕的七月。我在酷夏中继续写那几张纸，每天只写几行字，直到写了一个月，写满了一万字。它对我来说是朴实的，准确记录了心情，起码没有走神。

《融入野地》比较多地提到了“拒绝”。这是真实的感受。因为看到的真实是，现在无声无息地接受太多、忍受太多。这种忍受是不够积极的。人们没有了愤怒，没有了火气，没有了脾气，但不能没有“拒绝”。人的“拒绝”要回到心上。

散文

融入野地

一

城市是一片被肆意修饰过的野地，我最终将告别它。我想寻找一个原来，一个真实。这纯稚的想念如同一首热烈的歌谣，在那儿引诱着我。市声如潮，淹没了一切，我想浮出来看一眼原野、山峦，看一眼丛林、青纱帐。我寻找了，看到了，挽回的只是没完没了的默想。辽阔的大地，大地边缘是海洋。无数的生命在腾跃、繁衍生长，升起的太阳一次次把它们照亮……当我在某一瞬间睁大了双目时，突然看到了眼前的一切都变得簇新。它令人惊悸、感动、诧异，好像生来第一遭发现了我们的四周遍布奇迹。

我极想抓住那个“瞬间感受”，心头充溢着阵阵狂喜。我在其中领悟：万物都在急剧循环，生生灭灭，长久与暂时都是相对而言的；但在这纷纭无绪中的确有什么永恒的东西。我在捕捉和追逐，而它又绝不可能属于我。这是一个悲剧，又是一个喜剧。暂且抑制了一个城市人的伤感，面向旷野追问一句：为什么会是这样？这些又到底来自何方？已经存在的一切是如此完美，完美得让人不可思议；它又是如此地残缺，残缺得令人痛心疾首。我们面对的不仅是一个熟知的世界，还有一个完全陌生的世界；原来那种悲剧感或是喜剧感都来自一种无可奈何。

心弦紧绷，强抑下无尽的感慨。生活的浪涌照例扑面而来，让人一步三摇。做梦都想像一棵树那样抓牢一小片泥土。我拒绝这种无根无定的生活，我想追求的不过是一种简单、真实和落定。这永远只能停留在愿望里。寻找一个去处成了大问题，安慰自己这颗成年人的心也成了大问题。默默挨蹭，一个人总是先学会承受，再设法拒绝。承受，一直承受，承受你自尊所无法容许的浑浊一团。也就在这无边的踟蹰中，真正的拒绝开始了。

这条长路犹如长夜。在漫漫夜色里，谁在长思不绝？谁在悲天悯人？谁在知心认命？心界之内，喧嚣也难以渗入，它们只在耳畔化为了夜色。无光无色的域内，只需伸手触摸，而不以目视。在这儿，传统的知与见已经失去了原有的意义。神游的脚步磨得夜气发烫，心甘情愿一意追踪。承受、接受、忍受——一个人真的能够忍受吗？有时回答能，有时回答不，最终还是不能。我于是只剩下了最后的拒绝。

二

当我还一时无法表述“野地”这个概念时，我就想到了融入。因为我单凭直觉就知道，只有在真正的野地里，人可以漠视平凡，发现舞蹈的仙鹤，泥土滋生一切。在那儿，人将得到所需的全部，特别是百求不得的那个安慰。野地是万物的生母，她子孙满堂却不会衰老。她的乳汁汇流成河，涌入海洋，滋润了万千生灵。

我沿了一条小路走去。小路上脚印稀罕，不闻人语，它直通故地。谁没有故地？故地连接了人的血脉，人在故地上长出第一绺根须。可是谁又会一直心系故地？直到今天我才发现，一个人长大了，走向远方，投入闹市，足迹印上大洋彼岸，他还会固执地指认：故地处于大地的中央。他的整个世界都是从那一小片土地生长延伸出来的。

我又看到了山峦、平原、一望无边的大海。泥沼的气息如此浓烈，土地的呼吸分明可辨。稼禾、草、丛林，人、小蚁、骏马，主人、同类、寄生者……搅缠共生于一体。我渐渐靠近了一个巨大的身影……

故地指向野地的边缘，这儿有一把钥匙。这里是一个入口，一个门。满地藤蔓缠住了手足，丛丛灌木挡住了去路，它们挽留的是一个过客，还是一个归来的生命？我伏下来，倾听，贴紧，感知脉动和体温。此刻我才放松下来，因为我获得了真正的宽容。

一个人这时会被深深地感动。他像一棵树一样，在一方泥土上萌生。他的一切最初都来自这里，这里是他一生探究不尽的一个源路。人实际上不过是一棵会移动的树。他的激动、欲望，都是这片泥土给予的。他曾经与四周的丛绿一起成长。多少年过去了，回头再看旧时景物，会发现时间改变了这么多，又似乎一点也没变。绿色与裸土并存，枯树与长藤纠扯。那只熟悉的红点颏与巨大的石碾一块儿找到了；还有那荒野芜草中百灵的精制小窝……故地在我看来真是妙迹处处。

一个人只要归来就会寻找，只要寻找就会如愿。多么奇怪又多么素朴的一条原理，我一弯腰将它捡了起来。匍匐在泥土上，像一棵欲要扎根的树——这种欲求多次被鹦鹉学舌者给弄脏。我要将其还回原来。我心灵里那个需求正像童年一样热切纯洁。

我像个熟练的取景人，眯起双目遥视前方。这样我就迷蒙了画面，闪去了很多具体的事物。我看到的不是一棵或一株，而是一派绿色；不是一个老人一个少女，而是密挤的人的世界。所有的声息都洒落在泥土上，混合一起涌过，如蜂鸣、如山崩。

我蹲在一棵壮硕的玉米下，长久地看它大刀一样的叶片，上面的银色丝络；我特别注意了它如爪如须、紧攥泥土的根。它长得何等旺盛，完美无损，英气逼人。与之相似的无语生命比比皆是，它们一块儿忽略了必将来临的死亡。它们有种精神，秘而不宣。我就这样仰望着一棵近在咫尺的玉米。

时至今天，似乎更没有人愿意重视知觉的奥秘。人仿佛除了接受再没有选择。语言和图画携来的讯息堆积如山，现代传递技术可以让人蹲在一隅遥视世界。谬误与真理掺拌一起抛洒，人类像挨了一场陨石雨。它损伤的是人的感知器官。失去了辨析的基本权利，剩下的只是一种苦熬。一个现代人即便大睁双目，还是拨不开无形的眼障。错觉总是缠住你，最终使你臣服。传统的“知”与“见”给予了我们，也蒙蔽了我们。于是我们要寻找新的知觉方式，警惕自己的视听。

我站在大地中央，发现它正在生长躯体，它负载了江河和城市，让各色人种和动植物在腹背生息。令人无限感激的是，它把正中的一块留给了我的故地。我身背行囊，朝行夜宿，有时翻山越岭，有时顺河而行；走不尽的一方土，寸土寸金。有个异国师长说它像邮票一般大。我走近了你、挨上了你吗？一种模模糊糊的幸运飘过心头。

三

大概不仅仅是职业习惯，我总是急于寻觅一种语言。语言对于我从来就有一种神秘的感觉。人生之路上遭逢的万事万物之所以缄口沉默，主要是失去了语言。语言是凭证、是根据，是继续前行的资本。我所追求的语言是能够通行四方、源发于山脉和土壤的某种东西，它活泼如生命，坚硬如顽石，有形无形，有声无声。它就洒落在野地上，潜隐在万物间。河水咕咕流淌，大海日夜喧嚷，鸟鸣人呼——这都是相互隔离的语言；那么通行四方的语言藏在了哪里？

它犹如土中的金子，等待人们历尽辛苦之后才跃出。我的力气耗失了的那天，即便如愿以偿了又有什么意义？我像所有人一样犹豫、沮丧、叹息，不知何方才是目的，既空空荡荡又心气高远。总之无语的痛苦难以忍受，它是真实的痛苦。我的希冀不大，无非就想讨一句话。很可惜也很残酷，它不发一言。

让人亲近、心头灼热的故地，我扑入你的怀抱就痴话连篇，说了半晌才发觉你仍是一个默默。真让人尴尬。我知道无论是秋虫的鸣响或人的欢语，往往都隐下了什么。它们的无声之声才道出真谛，我收拾的是声音底层的回响。

在一个废弃的村落旧址上，我发现了遗落在荒草间的碾盘。它上面满是磨钝了的齿沟。它曾经被忙生计的人团团围住，它当刻下滔滔话语。还有，茅草也遮不住的破碎瓦砾，该留下被击碎那一刻的尖利吧？我对此坚信无疑，只是我仍然不能将其破译。脚下是一道道地裂，是在草叶间偷窥的小小生灵。太阳欲落，金红的火焰从天边一直烧到脚下；在这引人怀念和追忆的时刻，我感到了凄凉，更感到了蕴含于天地自然中的强大的激情。可是我们仍然相对无语。

刚刚接近故地的那种熟悉和亲切逐渐消失，代之而来的是深深的陌生感。我认识到它们的表层之下，有着我以往完全不曾接近过的东西。多少次站在夕阳西下的郊野，默想观望，像等候一个机会。也就在这时，偶尔回想起流逝的岁月，会勾起一丝酸疼。好在这会儿我已没有了书生那样的忏悔，而是充满了爱心和感激，心甘情愿地等待、等待。我回想了童年，不是那时的故事，而是那时的愉快心情。令人惊讶的是那种愉悦后来再也没有出现。我多少领悟了：那时还来不及掌握太多的俗词儿，因而反倒能够与大自然对话；那愉悦是来自交流和沟通，那时的我还未完全从自然的母体上剥离开来。世俗的词儿看上去有斤有两，在自然万物听来却是一门拙劣的外语。使用这种词儿操作的人就不会有太大希望。解开了这个谜我一阵欣慰，长舒一口气。

田野上有很多劳作的人，他们趴在地上，沾满土末儿。绿禾遮着铜色躯体，掩成一片。土地与人之间用劳动沟通起来，人在劳动中就忘记了世俗的词儿。那时人与土地以及周围的生命结为一体，看上去，人也化进了朦胧。要倾听他们的语言吗？这会儿真的掺入泥中，长成了绿色的茎叶。这是劳动和交流的一场盛会，我怀着赶赴盛宴的心情投入了劳动。我想将自己融入其间。

人若丢弃了劳动就会陷于蒙昧。我有个细致难忘的观察：那些劳动者一旦离开了劳动，立刻操起了世俗的词儿。这就没有了交流的工具，与周遭的事物失去了联系，因而毫无力量。语言，不仅仅是表，而是理；它有自己的生命、质地和色彩，它是幻化了的精气。仅以声音为标志的语言已经是徒有其表，魂魄飞走了。我崇拜语言，并将其奉为神圣和神秘之物。

四

生活中无数次证明：忍受是困难的。一个人无论多么达观，最终都难以忍受。逃避、投诚、撞碎自己，都不是忍受。拒绝也不是忍受。不能忍受是人性中刚毅纯洁的一面，是人之所以可爱的一个原因。偶有忍受也为了最终的拒绝。拒绝的精神和态度应该得到赞许。但是，任何一种选择都是通过一个形式去完成的，而形式可以是多种多样的。

一个人如果因爱而痴，形似懵懂，也恰恰是找到了自己的门径。别人都忙于拒绝时，他却进入了忘我的状态。忘我也是不能忍受的结果。他穿越激烈之路，烧掉了愤懑，这才有了痴情。爱一种职业、一朵花、一个人，爱的是具体的东西；爱一份感觉、一个意愿、一片土地、一种状态，爱的是抽象的东西。只要从头走过来，只要爱得真挚，就会痴迷。迷了心窍，就有了境界。

当我投入一片茫茫原野时，就明白自己背向了某种令我心颤的、滚烫烫的东西。我从具体走向了抽象。站在荒芜间举目四望，一个质问无法回避。我回答仍旧爱着。尽管头发已经蓬乱，衣衫有了破洞，可我自知这会儿已将内心修葺得工整洁美。我在迎送四季的田头壑底徘徊，身上只负了背囊，没有矛戟。我甘愿心疏志废、自我放逐。冷热悲欢一次次织成了网，我更加明白我“不能忍受”，扔掉小欣喜，走入故地，在秋野禾下满面欢笑。

但愿截断归途，让我永远待在这里。美与善有时需要独守，需要眼盯盯地看着它生长。我处于沉静无声的一个世界，享受安谧；我听到挚友在赞颂坚韧，同志在歌唱牺牲，而我却仅仅是不能忍受。故地上的一棵红果树、一株缬草，都让我再三吟味。我不能从它们的身边走开，它们深深地吸引了我。我在它们的淡淡清香中感动不已。它们也许只是简单明了、极其平凡的一树一花，荒野里的生物，可它们活得是何等真实。

我消磨了时光，时光也恩惠了我。风霜洗去了轻薄的热情，只留住了结结实实的冷漠。站在这辽远开阔的平畴上，再也嗅不到远城炊烟。四处都是去路，既没人挽留，也没人催促。时空在这儿变得旷敞了，人性也自然松弛。我知道所有的热闹都挺耗人的，一直到把人耗贫。我爱野地，爱遥远的那一条线。我痴迷得不可救药，像入了玄门；我在忘情时已是口不能语，手不能书；心远手粗，有时提笔忘字。我顺着故地小径走入野地，在荒村陋室里勉强记下野歌。这些歪歪扭扭的墨迹没有装进昨天的人造革皮夹，而是用一块土纺花布包了，背在肩上。

土纺花布小包裹了我的痴唱，携上它继续前行。一路上我不断地识字：如果说象形文字源于实物，它们之间要一一对应，那么现在是更多地指认实物的时候了。这是一种可以保持长久的兴趣，也只有在广大的土地上才做得到。琐细迷人的辨识中，时光流逝不停，就这样过起了自己的日子。我满足于这种状态和感觉、这其间难以言传的欢愉。这欢愉真像是窃来的一样。

我知道不能忍受的东西终会消失，但我也明白一个人有多么执拗。因此，历史上的智者一旦放逐了自己就乐不思蜀。一切都平平淡淡地过下来，像太阳一样重复自己。这重复中包含了无尽的内容。

五

在一些质地相当纯正的著作里，我注意到它一再地提请我们注意如下的意思：孤独有多么美。在这儿，孤独这个概念多少有些含混。大概在精神的驻地、在人的内心，它已经无法给弄得更准确了。它大约在指独自一人—— 当然无论是肉体方面还是精神方面的状态。一个动物，一棵树，都可以孤独。孤独是难以归类的结果。它是美的吗？果真如此，人们也就无须慌悚逃离了。它起码不像幻想中那么美；如果有一点点，也只是一种苍凉的美。

一个人处于那样的情状只会是被迫的。现代人之所以形单影只，还因为有一个不断生长的“精神”。要截断那种恐惧，就要截断根须。然而这是徒劳的，因为只要活着，它总要生长。伪装平庸也许有趣，但要真的将一个人扔回平庸，必然遭到他的剧烈抵抗。独自低徊富于诗意，但极少有人注意其中的痛苦。孤独往往是心与心的通道被堵塞。人一生下来就要面对无数隐秘，可是对于每个人而言，这隐秘后来不是减少而是成倍地增加了。它来自各个方面，也来自人本身。于是被嘲弄、被困扰的尴尬就始终相伴，于是每个人都在自觉不自觉地挣脱——说不出的惶恐使他们丢失了优雅。

在我眼里，孤独是可怕的，但更可怕的是放弃自尊。怎样既不失去后者又能保住心灵上的润泽？也许真的“鱼与熊掌不可得兼”，也许它又是一个等待破解的隐秘。在漫漫的等待中，有什么能替代冥想和自语？我发现心灵可以分解，它的不同的部分甚至能够对话。可是不言而喻，这样做需要一份不同寻常的宁静，使你能够倾听。

正像一籽抛落就要寻下裸土，我凭直感奔向了土地。它产生了一切，也就能回答一切，圆满一切。因为被饥困折磨久了，我远投野地的时间选在了九月，一个五谷丰登的季节。这时候的田野上满是结果。由于丰收和富足，万千生灵都流露出压抑不住的欣喜，个个与人为善。浓绿的植物、没有衰败的花、黑土黄沙，无一不是新鲜真切。待在它们中间，被侵犯和伤害的忧虑空前减弱，心头泛起的只是依赖和宠幸……

这是一个喃喃自语的世界，一个我所能找到的最为慷慨的世界。这儿对灵魂的打扰最少。在此我终于明白：孤独不仅是失去了沟通的机缘，更为可怕的是在频频侵扰下失去了自语的权利。这是最后的权利。

就为了这一点点权利，我不惜千里跋涉，甚至一度变得“能够忍受”。我安定下来，驻足入驿，这才面对自己的幸运。我简直是大喜过望了。在这里我弄懂一个切近的事实：对于我们而言，山脉土地，是千万年不曾更移的背景；我们正被一种永恒所衬托。与之相依，尽可以沉入梦呓，黎明时总会被久长悠远的呼鸣给唤醒。

世上究竟哪里可以与此地比拟？这里处于大地的中央。这里与母亲心理上的距离最近。在这里，你尽可述说昨日的流浪。凄冷的岁月已经过去，一个男子终于迎来了双亲。你没有哭泣，只是因为你学会了掩泪入心。在怀抱中的感知竟如此敏锐，你只需轻轻一瞥就看透了世俗。长久和短暂、虚无与真实，罗列分明。你发现寻求同类也并非想象中那么艰苦，所有朴实的、安静的、纯真的，都是同类。它们或他们大可不必操着同一种语言，也不一定要以声传情。同类只是大地母亲平等照料的孩子，饮用同样的乳汁，散发着相似的奶腥。

在安逸温和的长夜，野香熏人。追思和畅想赶走了孤单，一腔柔情也有了着落。我变得谦让和理解，试着原谅过去不曾原谅的东西，也追究着根性里的东西。夜的声息繁复无边，我在其间想象；在它的启示之下，我甚至又一次探寻起词语的奥秘。我试过将音节和发声模拟野地上的事物，并同时传递出它的内在神采。如小鸟的“啾啾”，不仅拟声极准，“啾”字竟是让我神往的秋、秋天、秋野；口、嘴巴、歌喉——它们组成的。还有田野的气声、回响，深夜里游动的光。这些又该如何模拟出一个成词并汇入现代人的通解？这不仅是饶有兴趣的实验，它同时也接近了某种意义和目的。我在默默夜色里找准了声义及它们的切口，等于是按住万物突突的脉搏。

一种相依相伴的情感驱逐了心理上的不安。我与野地上的一切共存共生，共同经历和承受。长夜尽头，我不止一次听到了万物在诞生那一刻的痛苦嘶叫。我就这样领受了凄楚和兴奋交织的情感，让它磨砺。

好在这些不仅仅停留于感觉之中。臆想的极限超越之后，就是实实在在的触摸了。

六

因为我在很大程度上摆脱了生命的寂寥，所以我能够走出消极。我的歌声从此不仅为了自慰，而且还用以呼唤。我越来越清楚这是一种记录，不是消遣，不是自娱，甚至也来不及伤感。如若那样，我做的一切都会像朝露一样蒸掉。我所提醒人们注意的只是一些最普通的东西，因为它们之中蕴含的因素使人惊讶，最终将被牢记。我关注的不仅仅是人，而是与人不可分割的所有事物。我不曾专注于苦难，却无法失去那份敏感。我所提供的，仅仅是关于某种状态的证词。

这大概已经够了。这是必要的。我这儿仅仅遵循了质朴的原则，自然而然地藐视乖巧。真实伴我左右，此刻无须请求指认。我的声音混同于草响虫鸣，与原野的喧声整齐划一。这儿不需一位独立于世的歌手，事实上也做不到。我竭尽全力只能仿个真，以获取在它们身侧同唱的资格。

来时两手空空，野地认我为贫穷的兄弟。我们肌肤相摩，日夜相依。我隐于这浑然一片，俗眼无法将我辨认。我们的呼吸汇成了风，气流从禾叶和河谷吹过，又回到我们中间。这风洗去了我的疲惫和倦怠，裹挟了我们的合唱。谁能从中分析我的嗓音？我化为了自然之声。我生来第一次感受这样的骄傲。

我所投入的世界生机勃勃，这儿有永不停息的蜕变、消亡以及诞生。关于它们的讯息都覆于落叶之下，渗进了泥土。新生之物让第一束阳光照个通亮。这儿瞬息万变，光影交错，我只把心口收紧，让神思一点点溶解。喧哗四起，没有终结的躁动——这就是我的故地。我跟紧了故地的精灵，随它游遍每一道沟坎。我的歌唱时而荡在心底，时而随风飘动。精灵隐隐左右了合唱，或是和声催生了精灵。我充任了故地的劣等秘书，耳听口念手书，痴迷恍惚，不敢稍离半步。

眼看着四肢被青藤绕裹，地衣长上额角。这不是死，而是生。我可以做一棵树了，扎下根须，化为了故地上的一个器官。从此我的吟哦不是一己之事，也非我能左右。一个人消逝了，一棵树诞生了。生命仍在，性质却得到了转换。

这样，自我而生的音响韵节就留在了另一个世界。我寻找同类，因为我爱他们、爱纯美的一切，寻求的结果却使我化为一棵树。风雨将不断梳洗我，霜雪就是膏脂。但我却没有了孤独。孤独是另一边的概念，洋溢着另一种气味。从此尽是树的阅历，也是它的经验和感受。有人或许听懂了树的歌吟，注目枝叶在风中相摩的声响，但树本身却没有如此的期待。一棵棵树就是这样生长的，它的最大愿望大概就是一生抓紧泥土。

七

随着年龄的增长，我越来越注意到艺术的神秘的力量。

只有艺术中凝结了大自然那么多的隐秘。所以我认为光荣从来都属于那些最激动人心的诗人。人类总是通过艺术的隧道去触摸时间之谜，去印证生命的奥秘。自然中的全部都可通过艺术之手的拨动而进入人的视野。它与人的关系至为独特，人迷于艺术，是因为他迷于人本身、迷于这个世界昭示他的一切。一个健康成长着的人对于艺术无法选择。

但实际上选择是存在的。我认为自己即有过选择。对于艺术可以有多种解释，这是必然的。但我始终认为将艺术置于选择的位置，是一次堕落。

我曾选择过，所以我也有过堕落。补救的方法也许就是紧紧抱定这个选择结果，以求得灵魂的升华。这个世界的物欲越盛，我越从容。对于艺术，哪怕给我一个独守的机会才好。我交织着重重心事：一方面希望所有人的投入，另一方面又怕玷污了圣洁。在我看来它只该继续走向清冷，走到一个极端。留下我来默祷，为了我的守护和我认准了的那份神圣。当然这是不可能的。

我梦见过在烛光下操劳的银匠，特别记住了他头顶闪烁的那一团白发。深不见底的墨夜，夜的中间是掬得起的一汪珠晖……什么是艺术？什么是劳动？它们共生共长吗？我在那个清晨叮咛自己：永远不要离开劳动——虽然我从未想过，也从未有过离去的念头。

艺术与宗教的品质不尽相同，但二者都需要心怀笃诚。当贪婪和攫取的狂浪拍碎了陆地，你不得不划一叶独舟时，怀中还剩下了什么？无非是一份热烈和忠诚。饥饿和死亡都不能剥夺的东西才是真正珍贵的。多少人歌颂物欲，说它创造了世界。是的，它创造了一个邪恶的世界；它也毁灭了一个世界，那是一个宁静的世界。我渐渐明白：要始终保有富足，积累的速度并不重要，重要的是能够积累。诚实的劳动者和艺术家一块儿发现了历史的哀伤，即：不能够。

人的岁月也极像循环不止的四季，时而斑斓，时而被洗得光光。一切还得从头开始。为了寻觅永久的依托，人们还是找到站立的这片土地。千万年的秘史糅在泥中，生出鲜花和毒菇。这些无法言喻的事物靠什么去洞悉和揭示？哪怕是仅仅获取一个接近的权力，靠什么？仍然是艺术，是它的神秘的力量。

滋生万物的野地接纳了艺术家。野地也能够拒绝，并且做得毅然彻底。强加于它的东西最终就不能立足。泥土像好的艺术家，看上去沉静，实际上怀了满腔热情。艺术家可以像绿色火焰，像青藤，在土地上燃烧。

最后也只能剩下一片灰烬。多么短暂，连这点也像青藤。不过他总算用这种方式挨紧了热土。

八

我曾询问：一个知识分子的精神源自何方？它的本源在哪？很久以来，一层层纸页将这个本来浅显的问题给覆盖了。当然，我不会否认浸透了心汁的书林也孕育了某种精神。可我还是发现了那种悲天的情怀来自大自然，来自一个广漠的世界。也许在任何一个时世里都有这样的哀叹——我们缺少知识分子。它的标志不仅是学历和行当上的造就，因为最重要的依据是一个灵魂的性质。真正的“知”应该达于“灵”。那些弄科技艺术以期成功者，同时要使自己成长为一个知识分子。

将“知识分子”这个概念俗化有伤人心。于是你看到了逍遥的骗子、昏聩的学人、卖了良心的艺术家。这些人有时并非厌恶劳动，却无一例外地极度害怕贫困。他们注重自己的仪表，却没有内在的严整性，最善于尾随时风。谁看到一个意外？谁找到一个稀罕？在势与利面前一个比一个更乖，像临近了末日。我宁可一生泡在汗尘中，也要远离他们。

我曾经是一个职业写作者，但我一生的最高期望是：成为一个作家。

人需要一个遥远的光点，像渺渺星斗。我走向它，节衣缩食，收心敛性。愿冥冥中的手为我开启智门。比起我的目标，我追赶的修行，让我显得多么卑微。苍白无力，琐屑慵懒，经不住内省。就为了精神上的成长，让诚实和朴素、让那份好德行，永远也不要离开我，让勇敢和正义变得愈加具体和清晰。那样，漫长的消磨和无声的侵蚀我也能够陪伴。

在我投入的原野上，在万千生灵之间，劳作使我沉静。我获得了这样的状态：对工作和发现的意义坚信不疑。我亲手书下的只是一片稚拙，可这份作业却与俗眼无缘。我的这些文字是为你、为他和她写成的，我爱你们。我恭呈了。

九

就因为那个瞬间的吸引，我出发了。我的希求简明而又模糊：寻找野地。我首先踏上故地，并在那里迈出了一步。

我试图抚摸它的边缘，望穿雾幔；我舍弃所有奔向它，为了融入其间。跋涉、追赶、寻问——野地到底是什么？它在何方？野地是否也包括了我浑然苍茫的感觉世界？

我无法停止寻求……

1992年8月16日

名家点评

我们将张炜的近作《融入野地》列为头条，因为这篇作品不仅是张炜的内心独白，而且可以看成张炜那一代“知青作家”的一个“精神总结”。当那一代作家刚刚从事文学创作的时候，艺术的道路或许也是他们的一种“选择”；但随着对于艺术的投入、痴迷与理解，他们越来越感到：“一个健康成长着的人对于艺术无法选择”，因为“人迷于艺术．是因为他迷于人本身、迷于这个世界昭示他的一切。”张炜坦率而又真诚地自剖出：“我曾选择过，所以我也有过堕落。补救的方法也许就是紧紧抱定这个选择结果，以求得灵魂的升华。”

《融入野地》中不仅有反思，更有对于未来的心灵宣言。张炜为我们刻画了一个既充满理想情怀，又脚踏大地，坚持其精神劳作的我国新一代知识分子的人格形象。我们可以将这篇文字看作小说，也可以看成是散文，是议论，是诗，是一种超越文体界限的文体。

《上海文学》1993 年第 1 期“编者的话”

《融入野地》提出了“寻找一个去处”“落定”的问题，这也是张炜散文甚至张炜文学世界终极的命题。文中的“我”是一个大地心音的倾听者和记录者，一路奔逃离开城市，由故地而野地进而成长为野地上的一棵树，在与自然的彼此关情中克服了生命本然的孤独。“野地”和“树”是被“我”这个不合众嚣的知识分子的灵魂所照亮和赋意的，也即文中所谓的由“知”至“灵”。由此，野地无限地向大地敞开，慢慢恢复它幽深玄远的灵性，这让张炜的书写一下子“腾跃”起来，在更澄阔的境界里彰显其不但是故地之子，更是自然之子的身份。

山东大学文学院教授，文学评论家　马兵

张炜创作谈：

有一次我从芦青河下游出发，无意中走到了一个黄昏里。当时夕阳普照，平原上一片火红。有一处废墟特别显眼，那里到处是断垣残壁，是荒草，非常凄凉……我突然记起来了，这里是一处粉丝作坊。我那天站在废墟上，想了很多很多。

从那儿回来，我就被粉丝厂倒塌的轰隆隆声、被倒缸了的呼喊声给纠缠住了。我感到了某种压力，我想写出这种声音后面潜下的所有故事，所有的历史、人物，所有的关于山川的变迁和人事沧桑。我走遍了河两岸所有城镇，拜访了所有的大的粉丝厂和作坊。我读过了所能找到的所有的关于那片土地的县志和历史档案资料，仅关于“土改”部分的，就有几百万字。我还访问过很多当事人，如当年巡回法庭的官员，从前线下来的伤残者、战士、英雄和幸存者。我这样做的结果是彻底摧毁了我的雄心壮志、我的不可遏制的创作欲望……直到一两年之后，我才慢慢振作起来，重新试着铺开稿纸。奇怪的是过去知道了的那一切一下子复活了，跃动了我在当时搞不明白的东西，现在似乎明白了一点点。

《古船》是这样写成的：构思、准备前后有四年，具体写作修改约用了两年时间。我不能说这个作品是我最好的作品，但我可以说它是我花费时间最多的一本书。在很长的时间里，我没有做别的，全部心思都在它身上。我写得很慢，几乎是一笔一画把它写下来的。

长篇

古船（节选）

隋抱朴觉得小累累好像几年前就是这么高、这个样子。他扳着手指算了一下，怎么也算不出孩子的准确年龄。小累累脑壳很圆，四周的头发都剃光了，只有头盖上的头发很厚。面色灰紫，皮肤好像永远泛着湿气。那两个眼角有些奇怪地向上吊着，这很像他的父亲李兆路。眉毛细细弯弯有点像女孩子，又与母亲小葵一模一样。抱朴很难单独遇到他，不知怎么很想抱一抱他。夜里做梦，常常就梦见自己搂着这个永远长不大的孩子，亲吻着他。抱朴梦中对孩子说：“你该叫我爸爸……”有一次他在河汊边上走着，迎面见小累累手提一条泥鳅，泥鳅头朝下拧动不止。小累累见了他就定定地站住，眼角往上吊着看他。他有些不敢凝视孩子的眼睛，就觉得像兆路在看着他一样。他在心里叫苦，心想这种眼神早晚逼他说出那个雷雨之夜的事情。可他还是蹲下来，用手去触摸孩子头盖上那片厚厚的头发。他端量着孩子，觉得孩子眼底的东西活活就是自己的。这个发现把他吓得跳了起来。他咕哝了一声什么，急急地离开了。走开几步他又回头望着，见小累累木木地站在那儿。孩子看着他，突然举起手里的泥鳅，大叫了一声："爸——"

这一声喊叫他一辈子也没法忘记。他夜里想着小累累，在心里叫着："不错，自己有了孩子了！"这个孩子又熟悉又陌生，可怜巴巴，是个长不大的男孩。一阵强烈的自责开始折磨他了，逼着他立刻就去认领自己的孩子、去告诉孩子的母亲。但他走出厢房，身体沐浴在一片月光下时，又骂起自己发昏了——小累累往上吊着的眼角，活活就像李兆路。他扳着手指算兆路最后一次回来的日子，回忆巨雷劈掉老磨屋旁边那棵臭椿树的夜晚。这种计算使他激动不安，一颗心跳动不止，倒使他无休止地体验他们共同度过的那个狂乱而又幸福的夜晚。他记得一切细节。小葵的幸福的呻吟，她的可怜的小小的身体。他们两人都汗水淋漓，坐在那儿看着窗外的闪电。那一夜可怕的短暂。他记得窗子泛白时，小葵嗓子尖尖地哎哟了一声。那时候她紧紧地抱着他，他疲倦地躺在那儿，像到了生命的最后时刻。小葵摇晃着他，她大概觉得他不行了，吓得哭出来。他坐起来，实在没有力量跳出这个破碎了的窗口。外面的雨停了，他走回厢房——他的每一次回忆都从这里终止。他心里的结论是：这种巨大的幸福，注定了会有结果。结论使他出了一身冷汗。他无数次地问着自己，他能得到那个长不大的孩子吗？一种深深的歉疚也开始折磨他。他亲眼见到小葵一个人磕磕绊绊地拖着孩子走了这么多年，他没有去帮她一把。自己的罪积得好大啊。他想着，有时一瞬间又把全部都推翻了，重新认定小累累不是自己的孩子。每逢这个时候，他立刻就觉得一阵轻松。

小葵大约一年没有脱掉孝服。孝服在别的地方也许已经早不允许存在了，但洼狸镇却不同。殡葬时复杂的礼仪、奇异的风俗，近年来有增无减。有关死亡的事情，只有神灵的眼睛在看着。小葵白色的身影在街巷上活动了一年多，一年来一直提醒着全镇人不忘悲哀。抱朴看见孝服就想到了死在东北的兆路。他明白，如果镇上人知道了他和小葵的关系，怎么也不会饶恕他。这叫乘人之危，夺人之妻。兆路有着夺妻之恨，可是他不知道，他死在了地底下。抱朴想到这里全身战栗。镇上没人知道，没人想起沉默寡语的抱朴会做出雷雨之夜的事情。可是抱朴自己审判了自己。小葵终于脱掉了孝服，全镇人都长长地舒出一口气来。老磨转得似乎快了一些，小葵的脸色也红起来。她常抱着小累累在老赵家的巷子口晒太阳。有一次抱朴遇到了她，她热烈的目光逼得他低下了头。他转过身快步走开了，从此永远回避了那个古老的巷子口。后来他亲眼见到小葵抱着孩子跟叔父隋不召说话，隋不召的小眼珠雪亮雪亮的，连连点头。那一天夜里叔父来到厢房里，笑吟吟地盯住他看。抱朴恨不能立即将他赶走。他这样看了一会儿，说："你交好运道了。你也该有个家口。小葵……"抱朴蹦到叔父面前，尖着嗓子喊了一声什么。叔父听不明白，抱朴面色冷峻，一字一顿地说："你永远不要再提这个了。"

抱朴从十几岁起就厌恶叔父了。叔父差一点把见素勾引到那条后来沉掉的小船上，使抱朴又多了一丝惧怕。后来又发生了一件事，使抱朴更加厌恶他了。那是个十分清冷的春节的早晨。按照古老的习惯，抱朴和桂桂很早就起来过年了。他们取出藏在一个木匣里的香皂，一先一后洗了脸。

小厢房立刻香喷喷的。在桂桂的催促下，抱朴找出了父亲留下来的一双方头皮鞋穿了。天色微明，街道上却是一片沉寂。因为要破除迷信，上级指示不准放鞭炮和拜年了。抱朴将含章和见素都叫到自己屋里，又让桂桂去喊叔父。一个小案板上，放着一些用红薯面包成的水饺。桂桂走了不久，街道上传来一声声脆响。开始都以为是谁家放鞭炮了，见素跑出去看了，说是镇上的两个赶车人正满头大汗地沿街抡鞭子。锅里的水沸着，只等叔父了。后来叔父未到，桂桂红着眼睛一个人回来了。她说她去拍门时，叔父硬是打呼噜；后来他醒了，躺在炕上说他偏不起来。她告诉等他下饺子呢，他说偏不起来。她也就立在门旁，不时地拍打一下门板。后来门缝儿慢慢濡湿了，流出水来；她开始搞不明白，后来终于知道那是叔父站在门后解手。她也就跑回来了，她说她再也不愿见到叔父了。抱朴和含章十分气愤。见素只望着窗子说了句："叔父真有意思。"抱朴一边小心地将黑乎乎的水饺往沸水里推，一边归结说："他是咱们老隋家的一个罪人。"……那天隋不召站在厢房里，还想将小葵的事情说下去。可是抱朴坚毅的脸色使他闭上了嘴巴。老人有些诧异地转过身去，两条小腿交绊着离开了。抱朴却一直盯着他瘦小的背影，真怀疑老头子已经知道了那个该死的秘密。

这天晚上，半夜里他还在院里踯躅。后来他终于忍耐不住，去敲弟弟黑漆漆的门。见素揉着眼睛把他迎进去，点了灯。抱朴说："我睡不着，今夜老想找一个人谈一谈。我心里憋闷。"见素光着身子蹲在炕上，只穿了一条小短裤。他的肌肤在灯下闪着亮，像有油似的。抱朴也脱了鞋子盘腿坐在炕上。见素望着哥哥说："我也害过这毛病，后来好了。我要老像你这样非瘦成一把骨头不可。"抱朴苦笑着："老这样也习惯了，我有了个遭罪的习惯。"兄弟两个吸着了烟。见素握着烟斗，低头吸着说："半夜里醒来最不好受了。这个时候人寻思的事儿最多，万一寻思到了那上边，就再也躺不住。跑出门让露水湿一湿好些。再不干脆就用凉水往身上泼，是心里边有火气。我就怕半夜里醒来。"抱朴好像没有听进弟弟的话，这会儿问了句："见素，你说咱们老隋家谁是有罪的人？"见素冷笑着："你以前说过，叔父是个有罪的人……"抱朴摇着头，扔了手里的烟，一动不动地看着弟弟。他说：

"我是老隋家有罪的一个人！"

见素活动了一下，咬紧了烟斗。他有些莫名其妙地端量着哥哥，默然不语。停了一会儿他恼怒地皱起眉头，大声质问：“你指的什么？”抱朴两手按在膝盖上，两肘翘起。他说：“我这会儿不告诉你，不过你就信我的话好了。”

见素不解地摇着头，过了一会儿又冷笑起来。他取下烟斗，笑出声来。抱朴望着弟弟，吃惊地皱着眉头。见素说：“我不知道你指的什么，我才不想知道。我杀了人？你当了土匪？我都不知道。老隋家的人就是有折腾自己的毛病，白天晚上折腾，折腾到死。你也算有罪的人，那么洼狸镇的人都该杀。我过得就不痛快，我整天难受得要命，不知道做点什么才好。有时我右边的牙疼起来，满口肿胀，真想用锤子把所有牙齿都敲下来，让瘀血可着劲儿淌。怎么办？犯了什么毛病？不知道。反正难受。该干点什么，什么也没法干。就像什么地方有一团瘀血，让太阳晒得鼓胀着，又没有人用锥子来捅破。有时我真想抓起刀来把自己的左手砍去。不过砍去又能怎么样？我自己流血、残废，疼得在地上打滚，到头来街上的人还要羞我，说看哪，看一只手！没有办法，就这么忍吧，谁让咱是老隋家的人呢！前几年混乱起来，老多多又领人带上钢钎来院里捅，也不知这地底下祖宗留了多少东西。这好比捅在我胸脯上一样难受。我当时隔着窗棂往外看，我一点也不骗你哥哥，我不停地在心里诅咒。可我一句老多多他们也没有骂，我骂了自己的祖宗！我骂他们瞎了眼在芦青河边开起了粉丝厂，让后来的一辈又一辈人活不了又死不了。我长大了，我想像别人一样有自己的老婆，可是没有人敢跟咱老隋家的人。哥哥呀，你是结过婚的人，你什么都知道。你知道没人可怜这些，也没人替我们想过这些。他们只看到我们还活着，就没人想一想我们是怎么活的……哥哥！你看！你看哪！”见素满脸红涨地嚷着，扔了烟斗，抛开枕头，又用两手在被子间扒着。他扒出了一个红皮小本子，从里面抖落了几位姑娘的照片——她们都是镇上的，都已经出嫁了。“你看到了吧！她们都爱过我、和我好过，到头来都被家里人拦住了。因为我是老隋家的人哪！她们一个一个嫁走了，有一个嫁到南山里，被男人吊在梁上……我一个也忘不了，我每夜都看她们的照片，梦里和她们在一起……”抱朴手捧着这些照片，看着她们在手掌上抖动、抖动，最后散落下来。

抱朴抱住了弟弟，紧贴着他的脸，两个人的泪珠一起滚动。抱朴嘴唇抖动着，不住地安慰弟弟，但自己到底在说什么却一点也不知道：

“见素，我全听见了，我全能明白。我不该来使你难受。可我像你一样忍不住。我知道你说对了，你把老隋家的心里话说出来了。可是你到底年轻，你还年轻。你只说对了一多半。你还不知道有另一种情况，就是说，老隋家的人还会因为另一种情况去折磨自己。那也许更苦哩，见素，那也许更苦。我现在就遇到了这种情况，就是这样……”

抱朴的手不断在弟弟的背上拍打着，两个人慢慢都安静下来了。他们又坐在了炕上。见素狠狠地抹去泪水，低着头去寻找烟斗。他燃上一锅烟吸着，盯着窗外无边的夜色，声音低低地说道：“叔父胡吃海喝了一辈子，他的心受的折磨最少。爸爸规矩了一辈子，最后算账累死了。咱俩给关在书房里，你练字我就得研墨。爸爸死了，你又把我关在书房里。你教我念‘仁义’，我重复一声‘仁义’！你教我写‘爱人’，我一笔一画写下‘爱人’……”抱朴听着弟弟的话，一声不响，头颅低低地垂着。他眼前又出现了燃烧着的老宅正屋，看见了红色的火蛇球成一团，从屋檐上掉下来，四散爬去。正屋完全烧起来了，后母在炕上滚动……抱朴垂着头，猛地抬起来。他忽然心底涌起了一阵冲动，要跟弟弟讲一讲茴子——见素的生身母亲是怎么死的。但他咬了咬牙，终于克制下来。

这一夜，他们就这样挨到了窗户变亮。

河边，老磨呜隆呜隆地转着。抱朴怀抱着滑溜溜的木勺，一动不动地坐在最大的一个磨屋里。他每天这样坐上十二个钟点，再由一个老头子把他换回去。看老磨都是老头子做的事情，这个方木凳几十年被老头子们坐下来，还很结实。给老隋家看了一辈子老磨的那个老人见隋迎之死了，说一声“我也去了”，就死在了这个方木凳上。老磨屋全由青石垒成，像些古城堡一样踞在河边上，迎接了一辈又一辈人。牛蹄踩不到的地方是青苔，青苔新旧交错，有点像巨兽身上明明暗暗的毛斑。老头子死了；还有一个老粉匠师傅因为倒缸吊死在里面，老磨屋都一声不吭。它们仿佛是洼狸镇的一个个深邃而博大的心灵。在最苦难的日子里，总有人跑到老磨屋这儿做点什么。土改复查那几年，有人要合家逃离洼狸镇，走前偷偷跪在这儿磕头。还乡团把四十二个男男女女活埋在一个红薯窖里，有人就在这儿烧纸。老磨屋一声不吭。它只有一个小小的窗洞，一个眼睛。看磨人透过它的眼睛去遥望田野和河滩。抱朴每天从这个小窗洞上看出去，第一眼望到的就是那棵被巨雷劈掉的大臭椿树。如今它只剩下一截树干了。当时镇上人都去研究它的毁灭。人们热闹过了，抱朴才一个人去端详它。他黑着脸看着它的破败相，心情压抑。约莫两个人才能搂抱过来的树干被半腰斩断，雪白的木心像折了的骨头。它的繁茂的树冠前不久还荫护一片泥土，喷吐着水汽，而今被撕成了碎片。木心边缘凝结着黑紫色的液汁，那是它被雷火炙糊了的血液。一股奇怪的气味从它身上散发出来，抱朴知道这是死亡的气味儿。雷电是宇宙的枪弹，它怎么单单击中了臭椿树、又怎么单单选择了那个夜晚？天网恢恢，疏而不漏。抱朴弯腰收拾起一些臭椿的残片，回到他的老磨屋了。河滩上那一溜儿古堡似的废弃的磨屋，都是粉丝工业最兴盛的年头里留下的。其中不少磨屋，在他幼小的时候还隆隆作响。父亲死在红高粱田里之后，老磨屋就相继破败死亡，只留下最大的几个。至于磨屋为什么都盖在河边上，那首先是因为取水方便。后来抱朴从河堤下留出的石槽又看出，很久以前老磨是用河水作为动力的。这使他明白了芦青河的确是步步萎缩的。他由此推断多少年前挖出的老船，会是行驶在浩渺激荡的河面上的；那古老的洼狸镇码头，也必定樯桅如林。人世沧桑，星移斗转，一切这样难以预料。老磨不紧不慢地磨着岁月。老磨屋改为机器动力，那交错的皮带和繁多的变速轮使人眼花缭乱。世界就是这样突然变了脸相。多少人来看机器，老磨屋空前热闹。后来，就是人们慢慢走光了的时候，抱朴从小窗洞往外望着，看到了手提菜篮的小葵和长不大的孩子小累累。他呼唤了那个孩子一声，可是没有回应。

多少年前他和弟弟抱头哭泣的那个夜晚如在眼前。那天两个男子汉在深夜里一块儿哭着，诉说到天明。这个夜晚在抱朴心上留下了永久的痕迹。他睡不着，一遍遍地想她，想小累累。终于有一天他遇到小葵一个人在河边田头上摘蓖麻，就横下心走了过去。

小葵没有理他，一颗一颗摘着蓖麻。他也没有作声，一颗一颗摘着蓖麻。他们两人默默摘着。红塑料提兜快要装满的时候，小葵坐在地上哭了。抱朴手指抖着去衣兜里掏烟，烟丝撒了一地。他说：“小葵，我要跟你说说我……”小葵抬头望着他，咬了咬嘴唇：“你是谁？你十来年没跟我说一句话，我也没见到你。我不认得你是谁。”抱朴叫着：“小葵！小葵！”小葵哇哇地哭出声音来，身子歪在了地上。抱朴声音急促，有些慌张：“我知道你恨我，多少年就这么恨下来。可我比你还要恨我自己，咱俩这么多年恨的是一个人。这个人毁了你的日子，对不起死在东北煤窑里的兆路兄弟，他有罪。他应该赎罪，他再不敢想一下打雷下雨的那天晚上，再不敢靠近老赵家的巷子……”

小葵从地上爬起来，死死地盯住他，嘴角颤抖着说：“你有什么对不起兆路的？是我几年前就发誓要给你。兆路死在煤窑里了，他的命和我一样苦。我难受死了，心想兆路带上我一起死在煤窑里就好了，他偏偏撇下我和小累累。我为他戴了一年孝，洼狸镇没有一个女人为男人戴一年孝。对得起对不起也就这样了，我还得活。我还得有个男人，我还想老磨屋里那个该死的蝈蝈笼啊……我夜里睡不着，一遍又一遍骂看老磨的那个人没良心……”她诉说着，眼泪就干结在睫毛上。抱朴的心被她搓揉得鲜血淋漓，竟然半天吐不出一句话来。最后他大口喘息起来，用手捣着泥土说：“你听我说！你听我说！你只明白你自己，你不明白男人，你更不明白老隋家的男人。这家男人活过来都不容易，如今再没有胆气了。也许这样的人一辈子只配坐在老磨屋里。你不想想，我到后来差不多天天能望见兆路狠劲儿瞪着我的两只眼，我一动也不敢动。我睡不着，事情在心里拧来拧去。我想起了多少年前柳树下的情景，我记得几天之后你就再不敢到老磨屋里去了。我知道有人看出了什么，老赵家的人盯上我了。后来你说你跟兆路的事四爷爷点头了，我就算打根上绝望了。那个打雷的晚上我是疯了，我的胆气也不知从哪里突然就跑出来。我知道兆路死了我再去找你，老赵家的人又会记起多少年前的事。他们会顺藤摸瓜地想出一些又一些事，把你说成坏女人，把我说成个夺人家妻子的恶人。我们两个都抬不起头来。我还想起那个被我捣碎的窗子，心立刻怦怦跳。我不知道第二天老赵家有人问起时，你是怎么应付的……我睡不着，净想这些。我还想起了父亲一天到晚算账的事，想起他出去还账，把血全吐到了老红马的脊背上。我知道老隋家的后一辈人再也不要欠账了，谁的账也不要欠。可我今生是欠下兆路的了，我真不敢想，不敢想……”

小葵呆呆地望着满脸红涨、激动不已的抱朴，这个抱朴竟然全身颤抖着。她惊讶地看着他，说不出话。眼前这个男人有些陌生了，可她从小就熟悉他。瞧他想到了哪里，想得多细，他甚至到现在还惦念被他捣碎的那扇窗子怎么了结。没人问起那扇窗子，因为风雨拍碎的窗子太多了。她也不明白他们老隋家欠了谁的账，更不记得他父亲曾经出去还账。她想他是被日子挤弄得糊涂错乱了，他说的话有时就别想明白。这么说多少年来他日日夜夜里受着折磨。小葵看见他额角、头颅四周，都有发亮的白发生出来。他的脸色还莫名其妙地发红，身子看上去也还壮实；可是脸上有永远也退不掉的愁容，睫毛已经被他自己用疲倦的手指揉断了。小葵的心抖动了一下，长长地叹了一口气。她看见抱朴的眼神变直了，僵僵地望着她，她也用询问的目光望着他。他声音微弱极了，像是悄悄地问了句：

“小累累到底是谁的孩子？”

小葵怔了一下，她更加糊涂了，她喃喃地说：“是我的，我和兆路的……”

抱朴不信任地看着她。

小葵被这一双目光逼视得不能自持。她把脸转向河堤，喘息着说：“你想到了哪里！你整天胡乱寻思，你自己也不明白你寻思了些什么。这样久了，连我也会给你搅糊涂。抱朴，你怎么能想这些。我真怕你是明白不了啦——你听见我说什么了吧？听见了吧？”她转过脸来，抱朴还是不信任地盯着她。她就迎着这目光喊了一声：“你傻愣什么！孩子的爸爸是李兆路！”抱朴在喊声里垂下了头，像被雹子打折的一棵谷子。他搓着手，咕哝说：“不是这样，不可能是这样……小累累和我把什么都说透彻了。我们说得那么多，全说透彻了。我信孩子，我信他自己……”小葵更正道：“小累累说不了几句话，他不会跟你说多少话。我心里明白。”抱朴点点头：“他不说话。可我们用眼神把什么都说完了。你不知道，有些事就得用眼神去说。我明白他的，他也明白我的。”小葵不作声了。她想完了，说到这一步，谁还有什么话可说。她又气恼，又可怜他。多少年的哀怨和嫉恨全没了影儿，一股热流冲撞着她的周身。慢慢她的下巴抖动起来，肩膀也抖动起来。她蹲在那儿，身子不由得向前伏去，两臂牢牢地搂住了抱朴，嘴里连连说着：“抱朴，快扔了那些古怪念头吧，我们搬到一块儿吧，救救我，也救救你……”抱朴去推她的手臂，粗糙的手掌按在她温热的软乎乎的肩头上，立刻就不动了。他抱着她，去吻她的头发。他的阔大的巴掌按在她高高的乳房上，感受到了那颗心的跳动。小葵把头埋在他的胸膛上，深深地埋下去。她寻找那种熟悉的男人的气味，忘记了这是在蓖麻林里。不远处芦青河水缓缓流动的声音正传过来。小葵又享受到一只大手缓慢而又温柔的抚摸了。她愿这种抚摸一直下去，直到太阳西沉，直到永远。她不由自主地说道：“……晚上九点，小累累就睡着了。我打开窗户——”这会儿她突然感到那只大手停住了。她惊愕地抬起头来，见抱朴正低着眉，从蓖麻空隙里向前望去——远处的河堤上，高顶街书记李玉明正领一帮人走着，边走边指点着河水议论什么。小葵看着，心里猛地涌起了一股冲动，她挣脱了他的手臂说：

“站起来，不用遮盖在蓖麻林里，站起来！让镇上人看看，我们好了，我们早就好了！”

小葵说完吻了他一下，身子挺挺地站了起来。

堤上的人都望见了她。李玉明老远打着招呼：“摘蓖麻嘛？”小葵点着头，却在小声地、急切地催促抱朴，但抱朴终究没有站起来。小葵有气无力地向着远处应道：“……摘蓖麻。”

泪水悄悄地顺着她的两颊流动起来。……

那一天抱朴没有站起来，也许就再也站不起来了。天黑之后，他一个人狼狈地回到了自己的老磨屋……当李知常从磨屋里永远地牵走了老牛时，他在机器的轰鸣中也还是那么坐着。在蓖麻林里，他冷固多年的血液又一次奔流起来。他知道小葵一如既往地爱着他，并且又一次给了他回到她身边的机会。他错过了这个机会。后来他坐在老磨屋里想的是，那也许是最后的一次机会了。他还在想小累累。小葵的话只是一种安慰，而不是最后的结论。他朦朦胧胧觉得这种结论将来得由他和小累累两个人去做出。错过了那个机会，也许是隋抱朴一生都要后悔的事情。后来每逢他走过那片蓖麻林，每逢风雨之夜，他都表现得格外不安。有一次他一个人进入蓖麻林，到以前他和小葵待过的地方，用手去触摸那些并不存在了的脚印和其他痕迹。在他呼喊小累累来看机器的第二天夜晚，正好是风雨大作。他躺在炕上仍然不能安睡，像被什么啮咬着。他那么兴奋，那么想要。在雷电隆隆的爆炸声里，他那么想要。后来他终于从炕上爬起来，站到了院子里。他首先望了望弟弟的窗口，那是黑的；妹妹的窗子还亮着。他没有怎么停留，快步出了院子。他在风雨中奔跑起来，衣服很快淋湿了。雨水真凉，很像冰水，这对于他滚烫的身子是再好也没有了。雨水顺着他的头发流着，他睁不开眼睛。恍惚间他已经感到了她的柔软的小巴掌在摸他的胡子茬儿，她的又小又可怜、轻轻一提就能抱在怀中的身体。他摇摇晃晃地站住了，抬头望去，老赵家的小巷子黑漆漆的。那个小窗口没有灯光。他差不多已经听到了小葵和小累累熟睡的呼吸声。这个小窗子再也不会对他敞开了。雷声隆隆，闪电一次又一次把他湿淋淋的身子照亮。有一个巨雷好像就在他的头顶上炸开了。他把流进嘴角的雨水用力地吐出来，接上又骂起自己来。他把右拳握得紧紧的，狠狠地击在自己的胸脯上，一拳就把这个粗粗的身躯击倒了。泥水浸着他，他在尖利的石子上痛苦地扭动。他在雨水里一直躺了几个时辰。

抱朴静静地坐在老磨屋里，只偶尔用木勺去运输带上拨动几下。青白色的绿豆汁从地下暗道直接流入粉丝房的沉淀池里，再没有人来抬大木桶了。换班的老头子近来常去张王氏的店里酗酒，一再延误接班的时间。老头子来到老磨屋，哈欠连连，酒气熏人。抱朴有一次走出来，发觉巷子里冷冷清清的，这样想着，忽然看见小葵手牵小累累往前走去，理也没有理他。他踌躇了一下，也跟上了母子两人。走到城墙下，人变得多了。大家都向田野里的井架指点着，兴奋异常。抱朴跑了起来。

井架边上，很多的人围成了一个圆圈，中间有人呼喊着什么。小累累终于挣脱了母亲的手，在人缝里没命地挤起来。抱朴不假思索地跟上他往前挤。挤透了一圈儿人，看清了中间的空场。那里有长长短短的铁管，探矿队的人都戴了柳条帽子活动着，隋不召也夹在其中。抱朴在人圈儿边上站住了，小累累却站到了离铁管子很近的地方。这时隋不召与几个人敲敲打打，从一个粗铁管里取出一块黑东西，又用手掰成几片。正在这时小累累的身体摇晃了几下，然后箭一般冲上前去，敏捷地一跳，把隋不召举起的片片抢到了手里，向人群大声呼喊：

“妈妈，这是煤——”

所有人都有些惊讶，想不到由这个小孩子最先辨认出来。这时小葵走出人群，抱住孩子，取下小累累手里的东西，还给了隋不召。人们同时都看到了她眼里闪着泪。大家小声儿议论起来，说她一定是看到煤就想起兆路了，兆路就是被煤压在地底下的。小累累也真不愧是李兆路留下的苗苗，一眼就能认出那是煤……抱朴一句句听在耳朵里，对小累累一眼认出煤来感到震惊。他的心都激动得战栗了。他一直瞅着小葵和小累累，当母子两人离去时，他也无心再观看叔父手里的煤了。他往回走去。当他走开老远，最后回头瞥一眼井架时，看到了史迪新老怪。老怪在离开人群十几米远的地方蹲着，闷闷地抽烟。

抱朴转身寻找小葵和小累累，他们已经没了踪影。他这才感到一阵饥饿、一阵疲倦。他艰难地走进院门，第一眼就看到李知常在院内不安地走动。抱朴这才记起刚才看煤的人群中没有李知常。小伙子不时地望一眼含章的窗子。抱朴站了一会儿，向着李知常走去。他不明白李知常心中的爱情之火为什么突然又燃烧起来。小伙子抬起头来，隋抱朴看到了一张灰暗无光的脸。他真可怜李知常，把手搭在了他的肩上。抱朴说："你该吃饭。你不能老这样。"知常点点头，说："她不开门，不理我。可她爱我，我心里明白。我要等她出来。"抱朴握住他冰冷的手问："你几年前也这样，这几年不是停了吗？"知常摇摇头："这种事怎么停得住。我一天也没有停，火在我心里烧着。大虎死了，老隋家的又一个好样的死了。那天晚上我在草垛根下听跛四吹笛子，听李技术员讲'星球大战'，心里什么滋味儿都有。我突然想起我做事情太慢。我有多少事情该做没做、该做好没做好。我得快做。变速轮不能停，爱情也不能停。我安装的电灯到现在还不亮，可洼狸镇早该灯火通明；我爱上的人连句话也不跟我说，可我们俩从小就该是一对。事情全给耽误了，一糟百糟，后悔不迭。抱朴哥，你快来帮帮我吧！"

李知常两眼跳荡着火星，抱朴这会儿觉得太理解他了。

他摇动着他的手臂，说：“你们老李家的人太好了。我一定会帮你，像帮我自己。”抱朴蹲下来，想了一会儿对李知常说：“不能这样——你真心爱她，就不该这样。她一个人闷在屋里会生病。你让她知道了你的心，就该悄悄离开。你离开吧。”李知常久久地盯着抱朴。抱朴又说一声：“你离开吧，兄弟。”李知常恋恋不舍地走出了隋家大院。抱朴蹲在那儿，默默地吸烟。他这会儿才明白：是大虎的死促使李知常把停下的事情又做起来。他暗暗惊讶。他想自己近几天的焦灼和急切也与大虎的死有关。这也说不出到底是什么缘故，只是觉得有些什么事情要赶紧去做。做什么事情也不太清楚，只是觉得要赶紧做些什么。这样不行，这样再也受不了。李知常令人羡慕的地方在于他的清晰和具体——“变速轮不能停，爱情也不能停！”抱朴长长地吐出一口烟。他站起来，用力地拍了一下门。

门开了。妹妹大概刚从晒粉场上回来不久，身上飘散出粉丝的香味儿。她的脸色苍白，眼窝发暗，安详地看着走进来的抱朴。“你都听见了吧？知常在等你。”抱朴说道。含章点点头，微微含笑，似乎连一点不快也看不出来。抱朴本来有很多的话，可是这会儿一句也不想说了。他想妹妹爱着知常，那个小伙子绝对言中了。含章无比美丽，像后母茴子一样，可她慢慢也变得像后母一样冷酷了。抱朴难受的就是这个。他记得含章从小就温柔可爱，他无限地羡慕她的纯洁和欢快。他希望她永远这样，代表整个老隋家的这方面的天性。可是没有。这真不幸。抱朴长长地叹息了一声。

含章笑一笑，同时站了起来。她显得很轻松，秀挺的身子很像母亲年轻的时候。她在屋里走了一会儿，望着窗外，又坐下了。她问："大哥，你要跟我说什么你就说吧。"抱朴要说什么？他从哪里说起呢？他让她去治病、让她跟李知常好好谈一次吗？这都是很急迫的、又似乎都无必要再说了。他语气淡淡地说：

"我是来告诉你，探矿队今天探到了煤。"

名家点评

（《当代》1986 年第 5 期）那期编者按是我写的，我一开头就说，新时期文学呼唤史诗的诞生，但我没有直接说《古船》是史诗，而是说“我们希望，作者在塑造典型和完成史诗式作品方面所作的可贵的努力，能够获得读者和文坛的欢迎和注意”。这是个委婉的说法，说太高了，别人接受不了，也容易引起争论。那期《当代》的发行量大概是 20 多万册，虽然赶不上 1981 年 50 多万册的最高峰，但也在数量上保证了《古船》必然在新时期文学史上留下它重要的位置。

《古船》所描述的，是深沉厚重、悲壮动人的故事，其中关于“土改”，更不乏惊心动魄的画面。它所具有的悲剧美，令人荡气回肠，感慨良多。读这样的长篇小说，读者会深深感受到历史的呼唤。我们有值得自豪、骄傲的光荣历史，也有悲惨、辛酸的民族苦难史，滴着血、流着泪的历史。小说以其强烈的现实感、深厚的历史感和未来意识给人以感染和启迪，使我们在面对复杂、艰难的时势时，仍能看到希望。总之，我认为，这是一部真实感很强，塑造了一些内涵丰富、有典型意义的人物形象，具有开拓意义和史诗品格的大作品。

编辑家，文学评论家　何启治

《古船》的出现是一个奇迹，它几乎是在人们缺乏心理准备和预感的情势下骤然出世的。就像从芦青河中捞出那条伤痕斑驳的古船一样，小说陡然撕开并不久远的历史幕布，挖掘着人们貌似熟悉其实陌生的沉埋的真实——人的真实；同时，又像那个神秘可怕的“铅桶”下落不明一样，小说揭示了隐伏在当代生活中的精神魔障；当然，小说也有自己的理想之光，它要骑上那匹象征人性和人道光辉的大红马，尝试寻求当代人和民族振兴的出路。由于它是一部如此奇异的作品，读者和评论者在片刻的惶惑后无不为之轻轻战栗继而陷入绵长的深思。它与那种“全方位”“全景观”的史诗显然不同，我宁愿把它称为“心灵史诗”。因而，它不是人情风俗史，政治斗争史，而是“民族心史”。

文学评论家 雷达

张炜是中国当代创作最丰、最受推崇的作家之一。开始创作《古船》时，张炜年仅28岁，无论在内容、风格还是历史视角方面，都称得上突破之作。张炜创造了中国小说的一座里程碑、一部对一切人类进行言说的作品。在西方，张炜一直是个谜一样的人物。

美国汉学家，翻译家　葛浩文（Howard Goldblatt)

张炜创作谈：

写《九月寓言》，在田野里生活的时间很长。整个写作的过程，也是倾听自然的过程。九月，是结出果实的季节，绿色最浓。而且九月也是挽留绿色的一个月份。这个月份总是让人非常舍不得，它留给人的甘甜回忆一直让人保持到下一年的秋天。我因为在树林田野度过的时间较长，总是觉得自己深知秋天和植物的妙处。作品中写了许多秋天的故事，是因为记忆中，秋天的树林和田野向我“诉说”的东西很多。我记得住的，很多是关于秋天的。不仅是植物，就是各种动物也在秋天里变得更生动、更有灵性。它们吃得好，精神足，对人也更加友善。秋天的动物比较起来更不怕人。我的作品常要写到人与动物相处之情，背景就放在秋天。

这部书由七大章组成，既各自独立又相互连贯。我第一次这样建构作品，每一章实际上是一部中篇，由它们合而为一，成为一部从结构上、气质上看也很完整的长篇。这部书又花掉了我五年时间。与《古船》不同的是，写完之后，我觉得自己身上被挖掉了一块。写完《古船》只是觉得累，没有被挖走什么的感觉。

长篇

九月寓言（节选）

庆余很快给金祥生了个男孩。

他们为儿子取名“年九”。以后村里人谈起小土屋的事情，都是说年九家怎样怎样。年九飞快地长，很快比同龄人高出一截。他的脸又长又凹，眼睛永远乜斜着。大家都知道这是一个杂种，可又说他像煞金祥：身子瘦长，全是骨头，裤带总也煞不紧，露着难看的肚脐。庆余和她的黄狗在小村里安居乐业，真正成了小村成员。她脱掉了破棉絮，穿上了金祥的旧衣服改成的衣裤。黄狗脖子上悬了个生铁小铃，叮叮响，汪汪汪，小土屋生气勃勃。她到底是哪里人？金祥怎么也问不出。村里的妇女们教给金祥一些新鲜的拷问法，比如半夜酣睡时把她弄醒，用力地揍，揍过之后推到屋角里光着身子冻；比如把她抱在怀里挤疼了亲，呀呀喊那会儿逼问；等等。什么办法都宣告无效，庆余不吭一声。有人吓唬金祥说：“不摸清底细哪行！她要是南边有个男人，早晚卷了东西走！”金祥开始真吓得慌，后来就忘了。他又黑又硬的胡子蹭在庆余胸部，高兴得像小羊一样叫唤。他觉得又年轻了二十岁，吭吭地喘气说：“庆余呀，你妈的天上落下个喷香玉米饼，舍不得吃哩！疼煞俺哩！”他们在一块的时候，年九就要爬过来，缠着妈妈吃奶。其实年九早已不吃奶了，他像全村人一样，开始吃黑乎乎的地瓜干了。金祥用两根手指捏住儿子的胳膊，一抡，抡到墙角去了。庆余说金祥太狠。

金祥的衣服齐整一些了，再也不露皮露肉。人们都说还是得有个老婆，就是痴老婆也好。他们仍然认为庆余不是个健全的女人。不知为什么，满村里传着这样的故事，说脏女人庆余把不到半岁的年九送到了屋角的狗窝里，反过来把黄狗抱到了炕上。庆余睡觉时左边是黄狗，右边是金祥，转过身子搂黄狗，覆过身子搂金祥，两边都亲得啧啧响。故事传得活灵活现，有人见了金祥就转着圈儿打量，还从金祥的嘴角发现了一根黄毛——显然是沾上的狗毛。全村人都认为金祥过的是半人半兽的生活，活不久了。后来有人发现金祥终于变得更瘦更黄，脚步像老年人一样飘飘忽忽，脚下无根了。红小兵无比怜惜地拍拍金祥的肩膀，说："老弟，天理不容啊！"金祥闹不明白，对方却已经走开了。庆余里里外外牵一只黄狗，此狗不除怎么了得。有人想出主意，在土屋门口下了毒饵。结果半天工夫不到，药死了三只鸡。鸡的主人搂着死鸡呜呜痛哭。因为这是黄狗引出的不幸，赖牙下令宰狗。屠宰手方起带着家伙赶到那儿，金祥已经哭成了泪人。庆余把一瓶毒药放在窗台上，说黄狗死，她也死。赖牙让几个青年按住庆余，吩咐方起快些动手。三个人用锄钩套住狗脖，方起认真操作起来。金祥大吼着，见方起慢慢划开它的腹部一侧，用一根铁钩掏着。鲜血染红了手，他绕了些麻绳，竟然唰唰地缝起刀口。原来他是个手狠心软的人，刚才是给黄狗做了阉割术！赖牙不满地骂起来，方起解释说，再狂暴的狗一割也就无害了。大家无语。两支锄钩当啷一松，黄狗一蹿而起……金祥不哭了，抬头去望庆余，见她死死闭着眼。赖牙掐了掐她的人中。她睁开了眼。

每年九月都躲不开的雨啊。一地的瓜干眼看着半干了，哗啦啦一场雨落下来。全村男女老少都在雨中奔跑，嚷叫着，像求饶一样。雨停了，天上出彩虹了，他们还是站在地里，两脚沾满了黄泥。瓜干被雨水浸透了。太阳烤着湿地，水蒸气蒸着雪白的瓜干，半晌就该生出黑毛了。赖牙像赶牛一样伸长两臂往前一扬说：“快，快动手！”一大帮子人蹲到地上，一片一片翻晒瓜干。翻啊翻，腰快累折了，两眼发花了，瓜干才翻了一小半儿。这是不让人歇气的活计，日头越毒越要快翻，翻过一遍再翻一遍，直到土地被晒干了皮儿。好不容易翻晒了几遍，天又阴了。一场雨浇下来，地上噗噗冒起了水泡。“完了，完了，不用翻了，老天爷成心让咱吃变黑的食物啊！”赖牙昏天黑地地骂，见人就踢。天晴了，一地瓜干都变了色。到地里走一趟，到处是淡淡的醋味儿和酒味儿。有的瓜干烂得厉害，煮熟了喂猪，猪都不吃。就是这样的瓜干也舍不得扔，照样得收好，像往常那样装到紫穗槐囤子里。刚开始吃的时候肚子发胀，吐酸水，慢慢就好多了。碾盘上每时每刻都忙得很，家家排队碾瓜干，碾成碎块做干饭，碾成末末做糊糊。手巧的人家用黑地瓜面烙饼做面条、包白菜水饺，都没法驱除苦臭味儿。那颜色跟土一模一样。晚上躺在炕头，肚子里火烧火燎，不停地翻身——人家说得好：不勤翻地上的瓜干，吃到肚里就要勤翻身子。这真是万年不变的理儿。“烧胃哩，烧胃哩！”第二天早上走上街头，见了面都这样嚷叫。

也就在这样的日子里，庆余在小土屋里捣鼓出了奇迹。

她把一块碎裂下来的瓷缸瓦片凸面朝上支起，陶盆里的瓜干黑面已经闷了半天，用水调弄得不软不硬，散发出微微的酸甜。瓦片下不紧不慢地烧着文火，金祥一把接一把往空隙里扬麦糠，大股浓烟呛得他泪流满面。火苗儿蹿起来，庆余就用脚碰他一下，他赶紧抓一把碎草屑儿压上。庆余用食指蘸一点唾沫描一下光滑的瓷瓦面儿，吱得一响。她伸手挖一块面团，在手中飞快地旋弄，然后左手抓一块油布擦擦瓷面儿，右手迅速地把面团滚一遍，一层薄薄的瓜面粘在了瓷瓦上。她赶紧取起泡在水里的一块木板，用钝刃儿在那层瓜面上刮。刮呀刮，刮呀刮，瓜面儿实实地贴在瓷瓦上，接着干了，边儿翘了！她用杀羊的长把刀插进翘缝，像割韭菜一样哧哧两下，整张的小薄饼儿就下来了，比糊窗纸还薄。这些黑色的美丽的薄饼一会儿摆成了一尺高，金祥在一边拣碎的边边角角吃。一陶盆瓜面都做完了，小土屋里有了整整两大摞子小薄饼。庆余像做针线活儿一样盘腿坐下，左手取薄饼，右手的杀羊刀一按一折，唰唰两下，叠成了长方形。那个快哩！金祥快要乐疯了。一会儿两大摞子薄饼都折叠完毕，庆余四仰八叉地躺到了地上，累得呼呼喘。金祥这才明白，叠饼这活儿慢不得。因为饼从瓷瓦上刚取下是艮的，略一停就脆了。这活儿得赶个艮劲儿。金祥问："年九妈，这是什么饼？"庆余闭着眼：

"煎饼！"

瘦长的年九第一个叼块煎饼跑上街头，震动了全村。谁见了都问，问过还想咬咬。年九让他们尝，他们嚷："哎哟这个脆呀！哎哟这个香呀！"正喊着金祥提着裤子踱出来，嘴里照样叼个煎饼。人们说："该死的金祥啊，好东西都让你家吃了。日你妈的金祥！"金祥只是笑，使劲儿提一下裤子，伸手取了煎饼，拔一棵大葱剥剥皮，又揪一个辣椒，一块儿夹在饼里，吭哧吭哧吃起来。年九吃过了煎饼，像蛇一样缠到金祥身上，说："爸！"大伙儿一阵感慨："吃着黑煎饼，搂着痴老婆，人家金祥过的才算日子！"一个老婆婆说："快别说人家痴了，不痴的人也没见做出这么好的饼来。"大家都不作声了。了不起的庆余，她传过来的手艺使一囤囤的瓜干有了着落。庄稼人一块石头落了地，禁不住长舒一口气。接下去的问题就是快快跟庆余学会做煎饼，一刻也不耽搁。街上的人跑来跑去传递消息，连赖牙一家也破门而出。人们挤到小土屋门口，有的从小后窗往里望着。大黄狗和脏女人庆余都在熟睡，黄狗果真趴在炕上的一摊破棉絮上，巨大的鼾声不知来自哪个。人们嘭嘭嘭敲窗擂门，两个都不醒。有人一迭声地骂，老黄狗才声如洪钟叫了一声，慵懒的女人接着啊啊地舒展吐气。门开了，黄狗夹着尾巴闪到一边，庆余挠着痒儿探出头来。“不过年不过节，串门的来这一大些。”她半睁着眼咕哝一声，又仰脸看看日头。有人拨开她往小屋里挤，四下里瞅，终于发现了瓷片刮板什么的。那个人用木板敲着瓷片跑出来，说好一个庆余大痴老婆，用这几件破东西变戏法一样变出了黑煎饼。众人呆呆地看，像瞅一宗神物，不言不语。金祥奋力夺了抱回屋子，骂得很难听。年九又取一个煎饼吃起来，凹凹的脸儿盛满了自豪。

大约过了两个月，每家每户都有了会做煎饼的人。了不起的吃物啊，庄稼人有了发明创造了。这功劳自然而然归到了庆余身上，也归到了收留她的金祥身上。后来庆余才告诉男人：在南边黑乎乎的大山后边，人人都会做煎饼。那里的人做这个才叫熟哩，一人烧火同时又能摊饼调面——油布放在大脚背上，一手添糠末捅火，一手端起湿面团，大脚一甩油布飞上来，接住一擦，面团按上去滚动……一眨眼工夫就完成了。那里的人半天工夫能摊二百四十张煎饼，且无一张破损。那里的老老少少都吃煎饼，牙口好的吃脆的，没有牙的用水泡了吃。出山走远路，背上摞煎饼走百里，十里地吃一张。煎饼里夹葱又夹韭，有钱的地主夹肥肉，咬一口，直流油，小姐丫鬟捶后背。金祥乐得摇着脚板，在老婆饱胀的胸部理了一下。年九学金祥一样伸出手去，被他踢了一脚。庆余说："该。"她又说南边摊饼可不用破瓷缸片，都用平底儿锅，那是过生活的宝物啊，叫"鏊子"！天哪，鏊子鏊子，怎么不早说！金祥搓搓手，说他起早贪黑走长路，翻山越岭也要背回一个鏊子——天底下还有这样古怪物件！他说到做到，第二天，往腰上捆了一摞煎饼，鸡叫第一声时上路了。

如果知道这是一条怎样漫长、怎样崎岖的路，金祥也就不会走了。可怜五十岁的金祥，靠树叶和瓜干长成的骨肉，没有多少耐力的金祥，就这么背着一摞子煎饼上路了。背上凸出的饼使他看上去像个罗锅，地势越走越高，他越发要弓腰而行。渴了就喝洼地上积的雨水，饿了反手抽出一张煎饼，去路边偷一棵葱夹在饼里。有一次被人逮住了，南边的人野，揪住他的衣领狠狠揍，金祥在地上滚着，煎饼撒了一地。揍他的人用脚踩着踢着满地的饼，说："屁饼。"金祥死命地抱住那人的腿，连连说"行行好"，这才没让人家把煎饼全踢碎。他流着泪收拾一路的食，眼花了，辨不清与泥土一样颜色的煎饼，最后连土块一起装在背袋里，往前走。背后的人笑骂："鲢鲅！"金祥一怔，加快了步子。天哪，这里的人也跟俺叫鲢鲅，俺还没有走远哪。他头也不抬地赶路，心想翻过那一座座山就差不多到了。他走过一个小村就要问一遍："有鏊子吗？"人家说没有，他只得继续往前走。有时他想起了老婆庆余，心一阵狂跳。她和年九留在家里，还有条黄狗。夜间进去歹人怎么办？金祥一双手不禁颤抖起来。后来他想出家人不挂家，反正着急也没有用，不如忘了她，把她从心窝那儿赶开。他这样想着用巴掌在胸前一捋，说一声"吠！"就把她赶跑了。他果然觉得轻松许多，眼前也清亮了。不知走了多少个日夜，他又开始问："有鏊子吗？"人家说："俺没听说有那种鏊东西！"金祥走开了。他心中已经把那种圆圆的平底铁器想得神圣起来，觉得像个没见面的老友，闪闪发光，他们一见面就会认得出，说起话来。“嘿嘿，鏊子。”金祥念叨着往前赶路，终于进山了。从没见过这么高的石山，他觉得长了见识。一想到庆余也是从这样的路上走来，并且还要照顾那条黄狗，他就想那是个了不起的女人。“了不起哩。”他说着，揉揉眼从背上取煎饼吃。

这是条让金祥记一辈子的路，是一个人只能走一遭的路。他不记得穿过了多少村落，不断地询问。这一路上人的口音没有多少变化，翻过几道山梁之后，那些人才口音大变，使他暗暗吃惊。他高兴起来，终于到了从音调上也感到陌生的地界了。他一路上没有洗一次脸，人人都对他笑，他还误认为是这里的人和蔼。有一次他见到青生生的小葱，实在馋得忍不住，就跟地里的人商量让他拔一棵。那个人一连拔了两棵给他，他夹到饼里大口嚼着，心想世上还是鲢鲅对鲢鲅好啊。重新上路时浑身是劲儿，他觉得裤子再也不往下滑脱了。其实他走得比几天前已经慢多了，腰带离肚脐的距离更远了。老远看见一个破败的小村，急急地赶进去，一入村口，见一个头上顶张桐叶的老汉正烧火摊煎饼，他使用的正是闪闪发亮的、油滋滋的鏊子！金祥大叫一声，差不多是跪在了那儿。老汉去扶他，他摆摆手。原来这里的煎饼也是乌黑的——从那时金祥就认定，天下煎饼一个色，都是黑的。他开口就问哪里才能买到这种宝贝。老汉伸手往西一指，金祥爬起来就跑。那是个拉着陈灰串子的小卖店，里面卖牛鞭子、泥碗、大菜刀、瓢什么的。他一下盯住了鏊子，问了问，不贵。他买下来，脱下衣服包了，贴在肚子上，一口气奔了很远才停下来。他坐下，解开衣服端量，发现它真是古怪极了。一个微微凸起的平面，下边还有三个猪耳朵似的铁腿儿。他擦去了上面的灰末，又用指头敲了敲。嗯，声音像钟一样。

回去的路像来时一样长吗？走不完的路哟，记一辈子的路哟。煎饼快要吃完了，他知道沿路乞讨的时光来临了。叫着婶子大娘大爷行行好，不知怎么这么顺口，像干起了什么老本行似的。人家给他一点咸菜、一块地瓜、一片瓜干，他都双手合着作揖——这可没人教他。他自己心上一动，手就合起来哩。走啊走啊，逢村宿村，无村就趴在路边蒿草里凑合一夜。想不到秋天的夜这么凉，他哆嗦着，想骂几句又不敢。他怕他的话让天上的星星听见，它们会把更狠的凉气浇下来。有一个夜晚他冻得实在受不了，就揪点干草须什么的点了一堆火。冷是不冷了，可是肚子咕咕响起来，三尺远的地方就是地瓜秧儿，绿莹莹的。他忍不住动手扒出一块地瓜丢进火里，抄起衣袖等候着。地瓜的香味刚刚散出来，黑影里便传来了哈气声，他抬头一望，见一个瘦长的男人穿着破衣烂衫，牵着一头小猪站在火堆旁。那人嘻嘻笑，不像坏人。金祥一见他就想到了大杨树下的庆余。料定他是个吃百家饭的人。不过他为什么牵头小猪？小猪比主人精神十倍，生气勃勃，毛色油亮，这会儿哼了一声就躺下了。流浪汉蹲下来，捏了捏小猪的蹄子，也躺下了。他跟金祥说，自己是个要饭的，小猪嘛，那是他在一个多月前捡的，不舍得扔——“总还是块财产哪！”他说。金祥觉得他与那个小猪已经是情同手足的关系了，因为他一边说话一边搂住小猪的脖子。小猪哼着，还抬头瞅了金祥一眼。流浪汉说：“真饿啊。”金祥从火中掏出烧好的地瓜，掰了一半给他。流浪汉简直是一口吞下了滚烫的地瓜。金祥正在吹着热瓜，不由一愣：流浪汉会烫死的！他瞅了对方半天，见人家正笑呢，像喝了酒一样，脸色红润。他问金祥：“你也跟我一样，是个要饭的吧？”金祥本想否认，但不知怎么点了点头。“我打眼一看就知道，”他搔着身子，逮了个什么：“要饭的都随身带点什么，有的带狗，有的带猪，你呢，带那么个圆东西——是脸盆子吧？”他盯着金祥用衣服包着的鏊子。金祥用手护了护，连连摇头。“怕也是不义之财哩。”流浪汉叹一声，一仰身睡过去，发出了鼾声。金祥可不敢睡了。他想离开，又舍不得这堆火。瞌睡一阵阵袭来，他使劲儿睁着眼。后来他再也忍不住，就迷糊过去了。不知过了多会儿，他被一只手摩挲醒了。一睁眼，他大吃一惊，见那个流浪汉正对他动手动脚，手都伸到肚子上了，痒痒的。流浪汉嬉着脸对他笑呢。金祥一蹦坐起来，左手摸过鏊子，骂一句“奶奶”，顺手就是一抡。流浪汉应声倒地。金祥哆嗦起来。后来他蹲下听了听，听到了喘息声，一块石头落了地。他收拾一下，决意离开。小猪一直睡着，金祥站起来，刚一迈步子，小猪就睁大眼睛瞥了他一下。金祥慌慌地跑了，跑到十里之外，还能记住小猪那一瞥。

一道道山梁横在了归途上。山比来时长高了许多，原来山像庄稼一样，在秋风里也要拔一节儿呢。这就苦了金祥了，噢噢，金祥真的皮包骨头了，一抬脚就能听见自己身子骨相磨的声音：咯吱吱！咯吱吱！他怕这样走不回去了，那可就糟了。无论如何他闭眼以前要再看看那个小村，看看他的庆余、大黄狗和年九，看看大碾盘子，看看庆余怎么在崭新的鏊子上摊出第一张黑煎饼呀！他咬紧了牙关往前赶，眩晕时就扶住石崖。背上的鏊子越来越沉，简直要把人压死。他呼唤讨要的声音微弱得快听不清了，惹得人人厌烦："哪里的脏货，你到底想要什么哩？"金祥讨到的吃物越来越差，尽是糠团子、树叶掺和了东西做成的……天哩，这山上的人命更苦哇。有一天他实在走不动了，就歪在一个小草屋门口。屋里只住了一个老太婆、一个姑娘，她们把他架到屋里，用菜粥喂他。他宿在西间，她们两个宿在东间。金祥想住一夜就走，可一躺下就不想动了，只得又住了一夜。天明时老婆婆跟他说话，得知他是平原上的人，使劲儿一拍膝盖说："福气人哪！听说那儿的人富庶，一年到头吃得上瓜干，有时兴许还能吃上玉米饼、吃上白面？"金祥点点头。"福气哩！"老婆婆牵着女儿的手，让她走近来说："看见了吧？这是平原上来的大叔……"姑娘二十多岁了，个子不高，瘦瘦的，皮色暗黄，头发也有些黄。她的眼真大，有些凹，羞得厉害。她穿了破被面改成的花衣服，露着皮肉；绿色的裤子，裤腿上缝着染过的粗麻布。一对小乳房突起着，像两只鸟儿。她说："叔……"金祥赶紧还了一句："妞……"姑娘低下头，两手搓着绿裤，说："俺二十一哩。"这可不像二十多的女孩子家。金祥眨眨眼，问："叫什么名？"老婆婆接一句："庄稼娃，什么名不名的，叫'狗狗'。"金祥脑子里立刻掠过庆余的黄狗，自语一句："不孬哩。""庄稼人哩。"老婆婆还在咕哝。金祥看一眼狗狗，心里怪疼得慌，不知怎么老想用手理理她那枯黄的头发。"没得吃哩，他大叔！娃儿命苦啊，托生到这个家里。"老婆婆说着想抹眼，金祥赶紧咳一声。老婆婆使一个眼色，狗狗出去了。她对金祥说："不瞒你说，她六岁上爹没了，俺一个人把她守大，不易！苦就苦了狗狗，她嫁这山里，还不是饿一辈子？你行行好带她出山吧，当个干闺女养……俺看出你是个好人。养两年，给她找个婆家。"金祥的手颤抖起来。买鏊子把人家闺女领来了，有嘴说不清啊。他站起来。"让狗狗跟你去吃口瓜干吧。"老婆婆哀求着，老泪纵横。金祥背起了鏊子，说："你也真放心哩，把个大姑娘交俺一个过路人。俺还不敢哩——不过俺看你信得过，回去上着点心，有合适的让他领了去。"老婆婆不住声地道谢，金祥弓着腰出了门。他走出一丈多远了，还听到后面唤狗狗。他转回身，见母女二人站在门口呢。他作了一揖。

天哪，我金祥再也不走这条路了。挨冻受饿，磨破了脚板，还遇上那么多蹊跷事儿。这些费嘴费舌的事儿都让我撞上了。他那么想念庆余和大黄狗，掐着手指算出门的日子，算不出就捶自己的头。他步子趔趄，不时让石头绊倒。裤子老要往下滑，喝多少凉水肚子也鼓不起来。有一回他跌倒了，半天爬不起来，索性睡了一会儿。只这一会儿就做了个摊煎饼的梦：煎饼乌黑乌黑，锃亮耀眼，堆得像碾盘那么高。一群群的年轻人头上落了鸟儿，趴在煎饼垛子间……醒后四肢有点力气了，便继续赶路。可没走几里，眼前一阵阵发黑，黑障无边无际，他恍恍惚惚。“哼？”他尽管头部眩晕，还是奋力叫了一声。黑色不褪。他摸索着又走出几步。高山甩在背后了，小村已经不远了，平原踩在脚底哩！他又抬起脚，脚落下的地方似乎也是黑的。一瞬间他想起村里老人一个传说：有人赶路遇上不见边的黑东西，那可不妙！那是遇上了“黑煞”，过后不死也差不多了……一层冷汗从额上渗出，他一头栽倒在地。

金祥后来被人抬回了小村，背上的鏊子还在。

从此他身体垮了，步子蹒跚。他说：“奶奶的，遇上了‘黑煞’！”那个鏊子啊，简直成了全村的圣物，备受珍视。它没法属于哪一家哪一户，而是在全村流动着。这家到另一家取鏊子，至少要出动两个人，一进门就说：“俺来接鏊子！”金祥成了西天取经的英雄，被全村奉为楷模。很久很久以后，当金祥早已不在人世时，人们教育后代要长志气，总还要搬出金祥的例子，说：“看看人家金祥，一个人翻过大山背来了鏊子！”金祥如今是身体一天不如一天，威望一日盛似一日了。这种状况多少使赖牙不安起来。好在金祥活不久了，因为有人见他平地跌跤，还咳个不停。

黑煎饼美妙到不可思议。很快，外村人也传递起这个消息。他们后来不无嘲讽地喟叹：“艇鲅也有自己的法儿。”不知有多少外村人想讨教做煎饼的妙计，结果遭到了小村人的严密封锁。“吃口煎饼可以，想讨去个法儿，没门儿。”到此为止，小村里已经有了三样绝妙的事物：黑煎饼、红小兵的酒、俊俏的赶鹦。这是外村人梦寐以求的三种东西。红小兵一家占了三分之二，所以他一直趾高气扬。他出门总将一卷煎饼放到衣服的夹层里，待人多时，就像掏报纸一样掏出来，翻弄几下，嚼起来。由鏊子摊出来的饼已经是完美无缺的极品：一般大、一样薄、一样亮。有的人家一口气摊上千张煎饼，像贮放瓜干那样装进紫穗槐囤子里，按紧压实，上面扣一口生铁破锅。到了吃饭的时候，熬一小锅盐汤，从囤里抽三张五张煎饼也就成了。全村人的饭量眼见着加大了，老婆婆有了笑容，小伙子再也不吐酸水了。只有上岁数的老头子吃久了，仍有一点点内燥的感觉，偶尔嚷几声："烧胃哩！烧胃哩！"年九一天天长高，渐渐赶上金祥了。只是他长不粗壮，凹脸上的两只眼似乎有点斜。他成了打架的好手，日日在街上与人摔跤，裤子不断摔破，露出黑乎乎的屁股。黄狗成了无比忠厚的一个象征，在洒满阳光的土末上蜷着，晒着壮实的骨骼。人们说方起那把刀子效力真大啊，这把刀子什么时候用到人的身上，天下也就太平了。这个时候正是工区里人口剧增，年轻子弟不断到小村里游玩的季节。他们来到土坯垒成的小街巷里，首先对无数的狗感到惊奇，接上又注意到人人手中握一卷煎饼。这是什么味道的东西？有的想尝一口，对方偏偏举得高高的。他们与小村的年轻人摔跤，围观的人越来越多，双方都有人助阵呐喊。给人深刻印象的，是年九与工区子弟的一场比试。

工区子弟比年九矮一个头，但比年九粗一圈儿。他们刚交手就有人预测年九要败。果然是这样。年九一连倒了两次，凹脸盛满了羞愧，默默的。年九紧了紧下滑的裤子，再战一场，还是失败。他伫立着，半晌不语。突然他照头猛击一掌，喊道：“我还没吃煎饼哩，你等我！”喊完迅速跑回家去。一会儿他返回来了，嘴巴在做最后的咀嚼。嘴巴停止了活动，他盯着工区子弟叫道：“来吧！”

大家都看得清楚：年九抱住对方，狠狠一下将他摔倒在地上。对方爬起来，他又是狠狠一下！

煎饼多厉害呀！大家正在欢叫，不知谁往旁边指着喊了一声，人们赶紧转脸去看：脏女人庆余一声不响地站在十几步之外，怀里，抱着一大摞子闪闪发光的煎饼。

名家点评

《九月寓言》可以说是20世纪中国文学的领军之作，它所描写的是一组发生在田野里的故事，具有极其浓厚的民间色彩。小说写了一个“小村”从50年代到70年代的历史，它由三类故事所组成：一类是传说中的小村故事，另一类是民间口头创作的故事，还有一类是现实中的小村故事。由于小村历史是以寓言化的形态出现，所以，小村其实是一个基本处于自治状态下的民间社会。小村历史本身就是一则寓言。小说由回忆始，由寓言终，当事人的回忆在缠绵语句中变得又细腻又动听，仿佛是老年人讲古，往昔、今日、未来都成混沌一片，时间在其中失去了作用。从中可以体会到小说的叙事特色：作家采取了“寓言”的笔法，一次又一次地在现实故事中插入无特指时间性的叙事，把故事从具体历史背景下扯拉开去，扯拉得远远的，小村的历史游离开人们通常所认识的历史轨迹，便展示出无拘无束的自身的魅力。

复旦大学文学院教授，文学评论家　陈思和

《九月寓言》造天地境界，它写的是一个与外界隔绝的小村，小村人的苦难像日子一样久远绵长，而且也不乏残暴与血腥，然而所有这一切因在天地境界之中而显现出更高层次的存在形态，人间的浊气被天地吸纳、消融，人不再局促于人间而存活于天地之间，得天地之精气与自然之清明，时空顿然开阔无边，万物生生不息，活力长存。在这个世界里，露筋与闪婆的浪漫传奇、引人入胜的爱情与流浪，金祥历尽千难万险寻找烙煎饼的鏊子和被全村人当成宝贝的忆苦，乃至能够集体推动碾盘飞快旋转的鼹鼠，田野里火红的地瓜，几乎所有的一切都因为融入了造化而获得源头活水并散发出弥漫天地、又如精灵一般的魅力。

复旦大学文学院教授，文学评论家　张新颖

张炜在《九月寓言》中对中国村落的传说、现代历史、风俗和传统所做的所有复原，让我们明白，作者不仅是一位杰出的作家，更是一个具有丰富文化底蕴和伟大精神的人。张炜以苦涩、睿智和全面的反讽态度来看待过去半个世纪的历史事件，不见轻蔑感和盲目的偶像崇拜，而是带着真诚的渴望，提炼新的意义，与过时的观念与偏见进行辩论。

《九月寓言》的罗马尼亚译本代表了一个原始而野性的田园世界的发现，它真诚朴实，但充满诗意、象征和奇幻。就我个人而言，我深信《九月寓言》是一部描绘传统乡村的杰作，也是献给全人类的最美丽的作品。

阿德里安·丹尼尔·鲁伯安（Adrian Daniel Lupeanu）

罗马尼亚作家，翻译家，前外交官

张炜创作谈：

这不是一部以时间顺序写出的小说，也不是倒叙，而是更自由的叙说。它的时间跨度大约是八九十年，不到一百年。浓墨重彩写出的部分大概只有五六十年。我觉得人间最有趣的故事发生的时候，一定是国家发生大变动的年代。这时候，各种人物的身份要重新置换，惊天动地的事情也就开始了。人与动物的关系也要产生最大的变化，野地里的生灵往往是人间闹剧最大的旁观者。我没有忽略这些旁观者，它们各种各样，或四蹄，或长了两撇胡须，身躯或巨大或小巧，但个个都有自己过人的灵性。

《刺猬歌》中的万物有灵并不是一种技法，更多的是童年感受，是齐文化给予我的东西。它总体的氛围显然属于齐文化。但内核的部分，落地的那一部分，还是在很入世的层面上，这里没有多少魔幻可以说，它就是一个非常现实、非常悲惨的故事。许多人看了这部书，感慨说：我们一觉醒来，突然发现自己走到了怀抱刺猬的十字路口，走到了需要更多智慧和勇气的时候了。可是，我写作时当然不会有这么强的理念。我只不过是喜欢刺猬罢了，特别是着迷与之有关的那些故事。

长篇

刺猬歌（节选）

三十年的诅咒

珊子记得清清楚楚，最初失去心上人的时日，正是一个秋天，是满泊乌鸦叫得最欢、林中野物胡蹿乱跳的季节。她当时什么都不相信，消息传来时正咕噜噜吸着水烟，听了第一句就恼上心头，恨不得抡起水烟袋砸到传话人的头上。几天过去了，良子还是没有踪影，于是她小声说一句“肯定是走失了”，起身就去了林子。

无边的林子在当年是有威有势的，大树一棵棵上拄天下拄地，一个大树冠就能住得下野物的一家三代。地上溪水纵横葛藤绊脚，一拃长的小生灵们在草叶间吱哇乱跑，向闯入林中的生人做着鬼脸、打着吓人的手势。她真的好生美貌，这在莽林中也同样得到了证实：有那么几个雄性野物一路跟定，口流涎水，朝她比画一些下流的动作。那时她后屁股上插了一支短筒小铳、侧边裤兜里还有一柄皮把攮子，要结果一两条小命是再容易不过了。再说她心情恶劣，正恨不得找一两个喘气的物件放放血呢。可当她把小铳拿在手中，往黑乎乎的筒子上吹口气，四下里睃目时，反而犹豫起来。

那会儿她发现自己真是孤单。草中、大树梢上、灌木后边，甚至是水边，都有各种野物盯住了她。她终于明白，只要手中的东西一冒烟，她就得被扑上来的这一伙撕成一绺一绺。说不定先是几只雄性莽物按住她蹂躏无尽，而后才是一场报销呢。珊子生来没有这么怕过，这会儿躲闪着四周蓝幽幽的眼睛，大叫一声："良子你好狠的心！"随即把短铳扔在了地上。

那个季节真是倒霉至极。丢了良子，又丢了短铳，二者都是百求不得的心爱之物。就为了能够把这两桩心爱之物重新抓到手里，她在这个秋天一次又一次独身入林。她相信那个逃走的负心汉就像短铳遗在林中一样确凿无疑。"你就是变成鹌鹑在林隙里飞、扮成蘑菇待在阴凉地里，我也得把你揪到手心里，握在巴掌中，该拔毛拔毛，该下锅下锅——这回我得让你好好舒坦舒坦了，让你知道大闺女一脚跺下去，踩得你鼻口上血，呼天抢地活不成！我还没见哪个鲁生野种敢拿我这样的黄花大闺女打哈哈哩，连杀人不眨眼的响马都不成！”她大骂，边骂边深入林中。

当年一个过山的响马一眼看中了她，揪到马背上驮了十余里，露着黑刺刺的胸毛不说人话，最终还是没能如愿——她设法让另一个大响马帮了自己，而这个大响马又死在了头一个响马的弟兄手中。“两个响马都没坏了咱的风水，不信老驼叔看看咱！”她当年泼泼辣辣让唐老驼看自己，唐老驼气愤至极，骂道：“妈的我看这个做什么！”

棘窝镇来过多少勇人，过兵，过文士，一个个见了她馋得两眼发直，就是不能近前。她抽着水烟拍打胸口说：“这回他们该知道什么叫好大闺女了吧？”她对所有不幸失身的女人都十分鄙夷，说：“长牙干什么？长脚干什么？咬死他们！踢死他们！”上年纪的老婆婆都相互使个眼色，说不得了啦，咱镇上出了个贞节母夜叉。

母夜叉在掌灯时分深入街巷，两眼放光，不巧一下照住了良子。“咱棘窝镇竟有这样的男人，看长了一张穆生生的小脸儿，见了凡人不语啊，穿制服不插水笔啊，大眼水汪汪看人呢。得了，这回算他艳福不浅，让他遇见了咱。”珊子毫不扭捏，更无遮掩，半是玩笑半是认真地冲他喊道：“我这就把你拿下……”

她走在林中，披头散发，满脸灰痕。不久野物就与之相熟亲近起来，答应为她找回那支短铳，她说：“还是先找回那个冤家吧。”她比比画画描述着男子的形貌，最后泪水涟涟躺在沙原上不再起来。一些雌性野物蹑手蹑脚离去，相互使个眼色说：“咱快些去找啊，咱找到了可不能告诉她！”

在林中的那些岁月，珊子走入了真正的绝望。许久之后她才知道，她今生今世再也不可能找回良子了。于是她的诅咒开始了，从此不再停息，一直延续了整整三十年。

开头的日子，在诅咒的间隙中，珊子仍不时沉溺于美好的回忆中。“你这丧尽天良、没心没肺、没脸没耻的家伙，你总算让咱全身看了个遍！咱那会儿是有权位、有勇谋的人，长了女人身，生了豹子胆，你不老老实实躺下受罚门儿也没有。咱呼风是风，唤雨是雨，就是唐老驼这样的人也得惧咱三分。我后悔当年没把你扔进热锅里烫成个秃毛儿鸡，那样你就不会一扑闪翅膀飞了。你这个有眼不识泰山、用蜜糖洗腚、使猪粪擦脸的王八羔子、挨千刀的下贱物件，你真是倒了八辈子血霉瞎了狗眼，你怎知道，我到现如今还是一个响当当的处女！”

珊子泪水淌成小河，汇入溪水，令溪主黑鳗一阵阵心酸。黑鳗其实也是同病相怜，她年轻时候也被一条鲶鱼抛弃过，这会儿就爬上岸来安慰几句：“大妹子你就别擦眼抹泪的了，他们公的就没有几个好东西，我那口子就仗着一嘴漂亮的小胡须，见了小红鱼吱溜一下钻过去，溜她那儿了，现如今哪，说不定早被人做成了一钵汤哩……”珊子大惊失色地望着黑鳗，从心里佩服不已，她发现即便是诅咒，这儿的野物们也远比镇上人厉害。

黑鳗那会儿建议她就住在林中，以后谋个山药王枸杞精什么的干干，“反正身上只要压个差事、有点权位就比没有好啊，当个平头百姓，这辈子的麻烦就没完没了”！珊子拍打着自己问：“那我呢？我的身子呢？我交给谁？”

黑鳗在这尖锐的追问中也慌乱起来。因为这正是她至今未曾解决的问题。她流下了眼泪，对一个素昧平生的镇上女人第一次吐露了心事：“大妹子啊，不瞒你说，我有一段时日，很想把自己交给一个老中医。后来，想来想去，总算忍住……”

珊子在心里冷笑：“你幸亏忍住！你哪里知道，那个老中医与生前的霍老爷穿一条裤子还嫌肥呢！俺们唐老驼正想一刀咔嚓了他哩！”她仰脸看着西天，还在想自己的事，牙齿都咬响了。她在心里说：

“良子啊，你看着吧！我不光要用嘴巴诅咒你，我还要用身子诅咒你哩！我要让你在这双重的诅咒里，打着滚儿难受，打着滚儿去死！去死！去死！死！死啊！”

真正的野兽

珊子立志找一个两足兽，一个真正的野兽。她发现如今伪装的野兽太多了，一个个故意不说人话，胡吃海喝，摆出一副打家劫舍的模样，可惜一偎进女人怀里就现了原形。这些不中用的家伙那会儿全成了软性子，恨不得当一辈子情种。

“这家伙最好腰围六尺，黑脸吊眼，一双粗脚铁硬敢踩棘子，打十几岁起就杀过人；最好还是个强奸犯，放火烧过仓库，骗过亲爹亲娘和自家兄弟，连黑驴都敢日！这样的汉子难道就没有吗？在咱这孬种地界上真的就绝迹了不成？”珊子抽足了水烟、喝了一瓶烧酒，在石头街上对老婆婆们嚷着。

棘窝镇的男人都绕过她走，她吐一口：“小样儿，也不看看自己那把鸡骨头！”一些上边来的穿制服、留分头的男人想找她开导一番，刚开口她就把水烟递上，笑嘻嘻说：“你大概还没出娘胎就给阉了吧？我得验验你！”说着就伸出手来，对方吱哇一声跑走了。

唐童那时常常痴痴地盯着珊子的胸部，想偎着她厮磨一会儿，被她捏住拉来拉去。唐童是个自小野性过人的蛮物，竟然动手摸起她来，惹得她身上痒丝丝的。她一下骑上他，两条大腿夹住了他的脖子，任其脸色绛紫喘不过气来，就是不松。待半个钟点之后，唐童躺在地上起不来了，眼也斜刺到一边，直到半天才大喘一口缓过气来，额上是豆大的汗粒。珊子说：“你还年轻啊，你得好好吃些攀筋牛肉才行哩。”唐童满脸畏惧，哼一声离开了。

开春时节，梧桐花开放了。这是棘窝镇不小心遗下的唯一树木，它好不容易长起来，两年后才得以剪除。一些蜂蝶围着花叶旋了一圈离去，不久即有人面面相觑，小声嘀咕。一些人从窗上探头观望，目光追逐寻觅啪啪的脚步声：这声音又大又沉像夯地，从巷口响到石头街，在拐弯处的一处黄色卵石垒成的小院前停息下来。大家看得清晰，来人是一个典型的大痴士，身高足有一米九，粗而不臃，脏腻非常，头发顶部芜乱打卷儿，下边发梢却一绺绺披散肩头；一对大板牙突出来，紧紧扣住了肥大的下唇；额上有发亮的大疤，受这疤痕牵拉，两只钢球似的眼睛有些歪；剑眉，小兔耳，身背黑色布卷，走路攥拳，戴有铁钉护腕。“天哩，这家伙真像来咱棘窝镇打擂来了！这都什么年头了，一个大痴士还这么张狂！要在早年间咱老驼早就让人架铳了！”人们趴在窗上议论，并不知道，此刻唐老驼正和儿子唐童伏在窗台上看呢。老驼认为事情既然与珊子有关，不妨先看一看再说。

大痴士在卵石小院前站定，喊了几句，可能是自报了姓名来路。一会儿院内小窗开了一道缝，肯定是珊子在从头细细打量来人。时间一分一秒过去，四周鸦雀无声。小窗上的缝隙咣当一声合上。大痴士掂拳、顿足。小窗复又打开。不知窗上人朝他做了个什么手势——事后很久观看这一幕的人还发誓，说当时并没见珊子招手相邀——反正是大痴士径直进院，又拾级而上，推门走了进去。奇怪的是无论院门还是屋门，那天压根儿就没有上闩。

之后就是最诱人最费猜详的事情了。因为一切发生在屋内，所以也就成了一个永久的谜团。全镇人，特别是正好面对着卵石小院的人家，他们一直伏在窗上，眼也不眨盯住，都抱了说不清的、相互矛盾的希望。大痴士进去足有一刻钟了，可还是一点声音都没有。也许就为了配合这一个世纪以来全镇最静谧的早晨，街上的狗和鸡未吭一声。也仅仅是一刻钟吧，奇迹发生了——至少有十人以上目睹了这个令人振奋、许多年后还要一再咀嚼玩味的场景。

反正开始是嘭嚓一声——有人说是屋门打开的响声，有人说是珊子一拳将人打出来的声音，只见那个雄壮无言的大痴士连连倒退着出来，一脚踏到门外就仰面跌倒。他的粗腿蹬了两下，可能是急于爬起来挽回面子吧，想不到被随后扑出来的珊子一脚踢向了正中部位……那嘶哑粗长的嚎吼、那伴着十二分沮丧和委屈的哼叫，让人至今难忘，所以都认为这是值得记入镇史的大事。

就在全镇人的注视之下，大痴士像来时一样身负黑色布卷，神气全无地垂头而去。从背影上看，这个人远远没有来时那么强壮，也没有当时大家目测中的高大。

那个令全镇人久久不能忘怀的事件始末，就是如此。

珊子后来从未提到来访的大痴士一个字。所有人都不会去询问屋内那一刻钟到底发生了什么。

如果不是紧紧相接的炎热的夏天发生了另一件事，大痴士就会一直被镇上人谈论下去。因为后一件事出现了，前面的种种场景和细节立刻大为逊色，甚至有点淡乎寡味了。

这个夏天的炎热镇史上并未记载，据说历史上棘窝镇只出现过一次：上年纪的人说，那一年热得麻雀抢地而死，鸡狗跳河跳井；也因为太热了，引出了令镇上人至今想一想还要脸红的反常症候——凌晨两点出现的一点可怜的凉爽中，半数以上的窗子都传出了淫荡的喧声。这些淫言浪语渐渐连成了一片，渲染得越来越大，衬托着一个个格外慵懒宁静的棘窝镇的黎明。

总之这是记忆中的第二个炎夏。中午，家家都敞窗纳凉，在靠近北小窗处安置一张木椅或小床，差不多都是一直待到下午四点左右才肯挪窝。可是这一天，就像被一个声音统一召唤过一样，不止一个镇上人突兀地结束了午休，无聊而又急切地从小后窗探出头来。他们的目光寻索一会儿，然后一齐聚焦，盯在了同一个生人身上。

这是一个说不清年龄的老男人，正在爬上石头街的一道缓坡，步子迟缓却相当有力，每走一步，略显大些的头颅就向前探一下。他虽然骨骼壮实，但个子只达到中等以下，加上天热只穿了短裤和小搭袢，所以松松的皮肤和凸出的肋骨显露无遗。他的额头突出而坚硬，泛着亮光并生着一簇皱纹，加上缓慢的步履和呈罗圈状的弓腿，使见他的人无不想到了一种动物：龟。从中午第一眼见面到后来，人们就一直叫他“老龟头”。

老头儿那天爬上坡来，擦着稀薄的汗粒，仰头望着石头街两旁探头竖脑的窗子，用一种少见的沙哑嗓子问：“请问有个叫珊子的姑娘住在这里不是？”

窗户无声地关了。老头儿连问无果，就继续往前。这时所有的小窗再次打开。只见他不知怎么走到了黄色卵石小院前边，像畏惧阳光一样仰脸观望，后背上的布囊鼓起来恰像一副沉重的龟壳——这会儿还没容他再次打听，院内那扇小窗户就打开了——人们事后无不称奇，复叙说：“怪极哩，就像事先把一切都算计在内似的，人家珊子穿了崭新的花衣裳，正从窗上笑脸盈盈招手呢！”

不用说老头儿就迈着缓慢有力的步子进屋了。窗子和门随即关闭，显然主人对这个夏天的炎热并不在乎。街上的人一直从小窗上盯过来，发现珊子家窗门紧闭直至太阳落山。掌灯时分，窗纸上透出温馨的光，一度还映出两人叠印的身影。这样一直过去了三天，小院里既没人出门，又无声无息。“怪耶，他们买菜打水都要出来啊，难道早已备好了多日的粮秣？”镇上人越发迷惑了。

第四天下午，天热得鸡子儿都能烫熟。小院的门打开了，只见那个老龟头像来时一样打扮，只不过神情多了一分欣悦和满足，又长又深的鼻中沟重重地垂下来。珊子搀扶着他，一张容光焕发的脸上满是甜蜜和钦敬，样子十分殷勤。她一直将老龟头送过了石头街，又站在街口小声说了一会儿话。到了两人分手的时候了，有人亲眼见老头儿迈动一双弓腿跨到了路边，原来是要采一枝打破碗花儿——原以为老头儿是想把这花别到珊子的头发上，谁也未曾料到的是，老头儿颤颤抖抖的手一下就把花儿插进了珊子的乳窝那儿。珊子低头看花，老头怜惜地拍了拍她的脸。

他们就这样分手了。

那天珊子站在镇边，一直目送乌龟似的老人缓缓离去：

老人走进西面的一片苍茫之中，又折向南，那儿是连绵的群山……珊子胸前的打破碗花儿颤颤悠悠，映衬着一对硕大的乳房。事后镇上人不得不如实地说：那天下午珊子有些可怜，孤零零站了许久，一对大乳房被西边的太阳照得通红通红，像一对熟透的南瓜……

这些都是众口一词，所以早已不是传言，而直接就是事实：珊子在最火热的夏天过完了自己的新婚，那是如火如荼的三天三夜，从此彻底告别了处女时代。三天一过，新娘脸上的红晕一褪，全新的岁月也就开始了。

对于那个有些诡秘的乌龟般的老人，镇上渐渐有些传言，说他本是大山里的一个异人，半辈子隐下来，自有些过人功夫。俗话说好马不吃回头草，老人平生只一次光顾棘窝镇——他当是慕名而来。

收徒记

“过了这三天，姑娘闹翻天；白天睡叫驴，夜里抽大烟。”棘窝镇用一段顺口溜儿概括了珊子日后的生活情状。她本来就是个泼辣无敌的主儿，但在男女事情上主意坚定。

自从把自己交给了那个乌龟样的老男人之后，整个儿人就变了。

那个难忘的夏日，她先是静养了几天，而后嫌天气太热，一天到晚不再关闭门窗，也不穿衣服，在院子里进进出出，让街上人见了大惊：嚯咦好大的光亮闺女，白胖喜人，吓死咱庄稼人不偿命啊！石头街上的人从此不再安宁，各家老人通通关窗，一遍遍嘱咐自家孩子：别再探头探脑，出门也千万要绕开黄色卵石小院走路啊，那儿是祸殃之地。

消息悉数传入唐老驼耳中。为了使沸沸扬扬的镇子平静下来，他亲自背一支长杆火铳去了那个小院，站在门口闭目长喊："你给我先穿戴齐整！"里面的人很快应声，唤他进屋。老驼仍旧闭着眼："咱今个是为公务传你，你给我出来答话。"珊子穿着一件水红色小纱衫出来了。唐老驼呵斥："呔！你也是做过妇女头儿、使过铳的人，该知道军令如山倒的老理儿。我先给你说下，在自家炕上光了身子打挺儿，打断了脊梁骨我都不管；你要在外面放了光，我这铳会发火哩！"珊子点点头："成。不过你也别指望人人都端得住铳哩。"

夜里背铳巡街的后生常被珊子喊进屋里喝一壶热酒。

所以全镇的后生都愿当值，不该夜巡的也赖在街上游荡。只要是出了黄色卵石小院的男子，无不对小院主人佩服得五体投地：这不仅是对一个完美肉体迷恋的结果，更有一种心智和性情的绝望般的征服。珊子在与之共处的宝贵时间里，着实从头教导了他们一番，这使一个个见识狭窄的棘窝镇男人先是瞠目结舌，后是唯唯诺诺。他们在她的大口畅饮和高声浪笑中，在她一条丰腴的长腿确凿无疑地踩在炕席子上、一只手托着青铜水烟袋侃侃而谈时，感到自己是那样萎缩和渺小。“人这一辈子啊，真是百闻不如一见，天外有天啊！”他们出门时，总是怀有一种欣悦和惊惧相掺、一种探险般的战栗和后怕，等等难言的复杂心情。何时再次返回那个小院？这还真得鼓起十足的勇气，比如先要战胜溢满了整个身心的自卑才行。

“俺也来哩！”这是唐童半夜背着一杆长铳入门后说的第一句话。珊子嘻嘻笑着：“你来得正是时候。吃饱了没有？”唐童额上青筋突突乱跳，盯着她，咬牙切齿。突然，他咣当一声扔了铳，铳口塞的一团棉花都震掉了。珊子刚要转身拿什么东西，他已经扑将上来，嘴里发出豹子撕咬那样的呼哧声。珊子笑笑，伸手戳弄几下，他就失了力气。当珊子去搬一壶热酒的空当儿，他又从身后咬住了她的脖颈，同时发狠地撞着她膨胀的臀部。珊子先是随着他嘴巴的牵拉一再仰颈、仰颈，后来就势用粗大肥硕的臀部顶翻了他。他想挣扎起来已为时过晚，因为这沉重的肉坨、这整个身体的重心再也没有给他还手的机会，只硬硬地坐上去，又顺劲儿揉动了三两下。唐童那时还算瘦削，他突然发现自己正处于被碾压的苦境，甚至在那一刻听到了腠理深处的隐隐撕裂之声，一种难言的痛楚从身体内部弥漫开来——年轻的唐童只于一瞬间弄懂了“蹂躏”二字的准确含义。他的愤怒压倒了全部的羞愧，他的嘴张到了最大，只差一寸的距离就能咬下她的一块背肉——可是她沉重如同顽石的肉身使他始终未能打破这一寸的间距。他甚至无法用手揩去耻辱的泪花。他想破口大骂：“我日死、一千次日死你这个骚臭烂货”，实际上喊出的却是：“我求求你……我再也……不敢了！”

那个夜晚，当唐童变得顺从，把刚刚结籽的葫芦形脑瓜偎在珊子胸前时，已是黎明时分了。珊子拍打他、安慰他，说：“还是做个安分孩子、听话的孩子好。咱棘窝镇哪有像样的男人，你也一样。听话啊，瞧瞧听话多么好。”

珊子亲吻他泛着泪花的眼睛，在他长了两个旋的头顶搁了一会儿双下巴。自从那个乌龟样的老头儿走了以后她就突然地、势不可当地发胖了，这使她本来就粗壮的双腿、硕大的乳和臀，都变得鼓胀厚实，从颜色到形状都有一种蛮横的、不容争执和怀疑的倔劲儿。那是一种先入为主的、绝对的征服意味，是它们蓄在了其中。她刚刚击败这头小豹子的，不仅是膂力和躯体的分量，而主要是蓄藏于体内的这股意味。此刻他安静下来了，她摸着他头顶那光滑的自来卷儿，倒是有些怜惜了。她说："你实在还是个孩儿哩，发不得蛮啊，要换了别人，说不定我刚才就搓断了他两根肋骨！像这会儿多么好、多么好，喝一口烫酒吧，赶走这一夜的寒气……酒把你的肚腹暖过来，咱再把你哧啦哧啦抱进怀里，呼啦呼啦咬进嘴里。你看见窝里的野鹰野猪崽儿啦？它们的毛儿都是一点一点长出来的，急了不中！"

唐童点点头，心里毫不怀疑，而且有所庆幸：她刚才真的能搓断咱三两根肋骨哩。天哩，这才叫实话实说，这才是情到真处放一马呢。这好比入了沙场，咱自觉得是马上悍人浑身都是霸气，其实哩，一交手就知道谁更厉害：咱接不住她的镖哩！

黎明马上来临。在一片红彤彤的曙色中，珊子像喂小鸟一样亲手端壶让他饮过了热酒，然后一丝一丝褪去了他的衣裳。她伸开虎口拃过、度量过他的腰围、臀部，上身和下身，两个乳头之间的距离，还有脚掌。她最后说："好好长，变成悍人镇霸也就是几年的事情——来吧，你现在只需如实告诉我，你是不是个童男子？"

唐童吭吭哧哧点头又摇头："俺早就不是了……"

珊子悲悯地眼望窗子，上下唇抿得翻起，叹息一般说："师傅领进门，修行在个人。你把好上的第一个人，快些忘掉也罢。"

就这样，唐童度过了终生难忘的一夜，特别是那个黎明。他一生都会记得满室的粉红色，记得透过窗纸的太阳照着两个赤裸的身体时，他的羞涩是怎样一丝丝消失殆尽……她在这样的时刻大眼泛着水光，又像猫又像猞猁，最后像狐狸。她结实而肥美的肉体的确是香的，但那是八角茴香的气味，是浓烈而逼人的。他大口大口吞食这种气味，觉得自己随着太阳的升起而长大了。

在懒洋洋的早餐里，唐童试着问起了那个夺走初夜权的男人，即那个行走像乌龟似的古怪老头儿——想不到珊子一听立刻爽朗大笑，声音里透出真正的幸福和自豪："再没有比他更棒的男人了。我如果知道今生会遇上这样的人，就会筑一个两倍的大炕等着他。他三天三夜教会我的人间智慧，足够我一辈子用的了。”

到底是些什么智慧呢？唐童想问，但没有开口。他开始懂得：最好不要问这么傻的问题。

渔把头之恋

珊子一直诅咒的负心人死去不久，黄色卵石小院竟坍塌了半边。珊子并不让人修补。整座小屋都是由大大小小的卵石筑成，这是棘窝镇上唯一的卵石小屋。它踞在石头街的尽头足有一百年了，可是经过了那一天送葬的风雨之后却塌了院墙，接着小屋的半边也有了裂隙。唐老驼让背铳的后生前来整治，珊子同样阻止了。

“说不定什么时辰它哗啦一声把你们埋了。”唐老驼指着小屋对珊子说。他现在已经知道儿子迷上了这个女人，心情复杂。珊子哼一声：“你就别操这份闲心了。”

她已经越来越多地离开镇子，一直往西、往北，在砍伐后复生的无边灌木林中跋涉，去海边看呜呜作响的浪涌。越是变天的日子她越是出门，在狂风呼啸天昏地暗的时刻，所有人都抱头归家，唯有她甩开大步蹚向大野。“这骚娘们儿身上的膘子足有三寸厚，一般的寒风休想吹得透！”镇上人望着她的背影说。

珊子着衣不多，一年里有多半时间像当年的良子那样，只穿了松紧带裤子，要解裤子可以立马揪下。她的上衣总是半遮半露，好像以此炫耀着她多油和坚韧的皮肤。秋后的北风扫过她裸露的胸口，胸口就变成了火焰色，那正好是男人烤手的地方。不过珊子随着年纪的增长矜持了许多，良子死后更是封门闭户，满脸都是冰冷的拒斥。人们终于发现，那个在她的诅咒中离去的人，其实已经带走了她部分生命。

她最愿呆立的地方就是巨浪滔天的海岸。由于站得太近，有几次差点被大海吞噬。有人说她可能痴迷于棘窝镇的那个传说：霍老爷的楼船仍在大海中遨游，每逢狂风浊浪之日就要泊岸接送一些陆上的生灵——珊子大概在等船，想把下半辈子浪在海上。

有人见过珊子在海边为野物接生，还说她每年都要在茫茫荒野上当几回接生婆，待这些畜生长大之后也就成了她的义子——因为蛮儿成群，到了那时候她就成了这一方势力最大的一个人了。这些传言让唐老驼将信将疑，但他深知以前势力最大的是霍老爷，那家伙就与野物串通一气。看来棘窝镇素有野物传统，这对年事已高的唐老驼来说已是无可奈何之事。他现在倚重的是儿子唐童，好在这小子紧紧勾连了珊子。

珊子离开卵石小屋就再也不想回去。那里贮存了太多的气息，让她于午夜丝丝滤过，从中辨析出唯一的一个人——良子的气味。如今这个人埋到了地下，她那天亲眼看着一个崭新的坟堆垒起来。她在滔天大浪的阵阵轰击下袒露出双乳，与她见过的一头正在生育的海猪比试——那是一对酱色的巨乳，周围被细密的绒毛包裹，鼓鼓的盛满了浆汁。胸口的火焰被北海的凉风越吹越旺，她捧了一捧海水饮下，如同最有劲道的苦酒。她继续往西走，当面前出现一个河湾，再也无法向前迈步时，她才知道自己来到了一条大河的入海口。

入海口处有一幢小小的泥屋，它随时都会让巨浪拍碎。珊子笑了。她看到了自己的归宿。

泥屋里住了一位渔把头，这家伙真的长了一把红胡子。他在这一带海岸曾经是一个猎渔部落的强人，从十几岁起就当上把头，身上传奇无数。整个部落西迁时他独自一人留下来：传说他因为重罪在身被众人遗弃，还说他迷上了新的行当，自愿守在河口，如今一个人养殖海参。珊子进屋时那家伙正对着熊熊炉火吃着海草煮海参，每嚼一下唇上的红须就扇动一下，成卷的海草在嘴角颤动。这家伙身子半裸，肌肤泛着青光，一转脸见了珊子，立刻咽下口中的东西，随即又抓了一把海草填进嘴里。

“你让我想起一匹贪吃的大马。”珊子站在旁边说。

他擦擦嘴，又舀了一勺海参汤仰脖喝下，回嘴说：“你让我想起十几年前的老婆。”

珊子嘴角漾出了笑意：“她哪儿去了？”

“让我一口气砸巴死了。”

珊子哈哈大笑，伸手去抓一只海参吃，填进嘴里才发现它像生胶皮一样又韧又艮。她用力嚼了一会儿，咽了。她噎得泪花闪闪，一连骂了好几句粗话。

渔把头瞥她几眼，咬牙点头：“好物件哩！”

屋外海风呜呜震响，小泥屋窗破门损，屋内炉火暗淡时简直冷极了，珊子冻得四下瞍瞍：只有半截炕席子，席上是一条脏乎乎的蓝被子。再看半裸的红胡子，额上还有汗珠呢。

天黑了，海风越来越大。有一头海猪在暮色里嘶叫。一会儿门被撞响了，一撮撮栗色长毛从门缝中爹出。红胡子看看珊子，迎着门外大声喊道：“今夜不行！今夜咱来客了！”喊过之后撞门声才平息下来，而后是沙沙脚步声渐行渐远……红胡子看她一眼，咕哝一句：“都是野物”，跳到了炕上。

珊子独自坐在炉边添火，终于惹得炕上的人大火，赤着身子跳下：“你想热死我啊！我热得不行，火气在浑身乱窜，像豆虫直拱家巴什儿撅撅着，难道你瞎了眼？”珊子借火光一看差点惊呼出来：这家伙浑身没有一点赘肉，全是筋疙瘩攀结而成，胸上臂上更有腹部和大腿，全被棕红色的毛发覆盖，脚是椭圆形的薄片，牢牢地粘在地上，每抬一下就发出吧唧一响……她再盯他的下身，还没来得及说出一个字，就被他卷到了炕上。

两个人打成了一团。夜色里除了屏气声、击打声，再无其他声息。珊子先是甩动骒马一样硕壮敦实的臀部将其撞了个踉跄，接着伸出錾子一样的剑指猛捅他的小腹——她将在他弯腰捂腹的当口用单膝狠力顶去、顶他个仰八叉；她将把全身的重量、由于激愤焕发出来的蛮力，还有天生的一双重拳，一齐加在他的身上。她知道第一个夜晚意味着什么，如果不能如愿，那么今后每个白天和晚上都将甘居下风，都会是难熬的。更让她不能忍受的还有：窗门缝隙里都闪烁着蓝幽幽的眼睛呢，那是野物在窥视，它们不出一天就会将她的败北传遍荒原，从此让她颜面尽失。

可是一切都出乎珊子预料。这家伙只要一屏气，浑身筋脉就结成了一个个硬块，碰上去如同顽石。他几乎对她的撞击之类从不设防、从不躲闪，除了对她的臀部有所畏惧之外，其他一概无动于衷。而她很快喘息得如同巨兽，汗如雨下，身上的衣装撕成了一绺一绺。待她再次尝试用身子去撞击时，对方却顺势大迎而上，紧紧抱住，足足有三个时辰没再容其脱身。他的两撇红胡子在唇上一会儿抖动，一会儿竖起，刺在她的脸上，让她突然感到了难以抵御的胜者的冷冰冰的威严。只有在这一刻，她才放弃了一切逞强好胜的念头，对其他不抱希望，只任他在这个狂风大作的夜晚彻头彻尾地拥有、吞噬。

天亮了，大海平息，红胡子光着身子下炕，从熄灭的炉上锅中捞出了一把海草和海参，嚼着踱到炕前，看着她鼓鼓胖胖的身体、身体上一道道的抓伤，赞叹说：

“你就像一种有劲道的烧酒。”

宝物

“从今以后，我得了个好老婆子，你得了个有劲儿的男人——话能不能这样说？”渔把头坐在一个废弃的、反扣在沙岸的舢板上，抽着烟斗端量她。

她坐在一片焦干的海沙上摆弄晒干的海参，偶尔拣出一两条小干鱼嚼着。她已经在小泥屋待了七天，从昨天开始帮这个男人干活了。她粗麻似的头发被艳阳晒得发紫，惹得对方时不时伸手捋一下。她抬头看他，看他油光光一棱一棱的身子，点点头。

“那他妈的我的下半辈子就搂上大胖老婆了。我一个人在这里干活，知道能等来什么物件也说不定。半夜有骚臭野物来泥屋过夜，膻气味让我第二天一大早把吃的东西全吐出来。大肥物件得把前边的事儿说道说道了，我也一样。”他捏着自己奇怪的大脚，捏一会儿嗅嗅手指。

珊子厌恶他这个动作。还有，他半夜散发出的体息有点像烧胶皮的臭味儿，也让她厌恶。她说："前边事儿简单，咱是黄花大闺女一个。后来嘛，摽过一两个男人，走了，没影了，你只当什么也没发生好了。"

红胡子斜着眼瞄她："你摽过的男人没让你嚼巴嚼巴咽了？那些家伙命可真大！"

"天外有天哩。那男人胳膊一搂就像给我镶了副铁箍，身上的皮儿又厚又壮，想咬都没法下口，就像生牛皮！他跟俺三天三夜的恩爱啊，你蒙上头想一天也想不出来，你不知道那是怎么一回事儿，你这个红胡子！"

他摸摸胡子："那小子也许是个野驴种儿，不过他千万可别让咱遇上，遇上了，他也就完了——他肯定活不成。我会把他肚里灌满沙子，然后一抬手扔进海里……"

这儿的天要好起来真是喜人，太阳把满岸白沙晒得热乎乎的，让人真舍不得。海蓝得像一块大玉，没有一处开花浪。红胡子咕咕哝哝把珊子扳在沙子上，两人仰躺了，看天上的白云。一会儿他又返身回屋拿来一个酒葫芦，一人一口喝起来。一支黑乎乎的铳就倚在舢板上，那是他打海鸥取乐的。"咱这日子还真不错。狗日的我这辈子全是大凶险大快乐。说起来你别吓着，我的胖娘们儿大肥物件，咱年轻时当鬼船头领，劫下财宝无数，有上好的娘们儿也顺手收了；咱使砍刀宰那些犟人，哧棱棱给他们抹脖儿。最过瘾的是劫那些大船，那上面好酒好娘们儿、金元银元多得是……我真日死他娘了啊！我真日死他娘了啊！”

渔把头大口饮酒，不再礼让珊子了。他一会儿工夫就把一葫芦酒喝光，又回去取来一葫芦。他畅饮，在舢板上跳跃，迎着大海深处狂呼，伸出一个拳头威吓什么，惊人的脏话一串串从红色胡须间飞出。珊子在一边轻轻磕牙掩去惊讶，她这辈子终于见到了一个比自己更能说脏话的人了。瞧这家伙将各种脏词儿胡乱搭配，串联组合得奇谲无比，一把一把抛向波澜不惊的大海。

“我把那些娇滴滴的花袄儿从她们假模假样的男人怀里揪走，哪个敢拦？老汉一火，回手就是一刀。咱把金币银币装进大肚儿陶罐，一罐一罐埋下哩……”红胡子说到这儿戛然而止，一扭身瞥瞥珊子，见她正低头在沙滩上描画什么，这才吹一阵口哨，抓过铳重新瞄准海鸥了。

夜晚渔把头让珊子也像他一样嚼大把的海参和海草，珊子吃下一口就想吐。他说：“老婆子哎，你要比着老汉活下去，一百年也不死，就得吃这东西！大口吃！海参力气大啊，可要当饭吃下，不出几天就得鼻口一齐放血，谁也救不过来！窍门在哪儿？就在这海草上——你把海草一块儿吞下也就没事了！你吃！泼吃！”

珊子忍住腥气和粗浊吃下一口、两口她再也不吃了。渔把头半夜将她举到头顶，又噼啪一下摔倒，一只脚踩住她高高隆起的屁股，没头没尾地砸起来。她忍住、咬紧牙关。一阵可怕的亲热、浑打，头发都被揪下了一绺。渔把头每夜将她虎气生生提在自己肋下，在屋里走动，看看窗外，愣愣神，又在门旁站一会儿，像是必不可少的午夜巡行。此刻大海的潮声细碎无边地汇拢而来，有夜鸟在屋顶嘎呀一叫。他轻轻咬她又黑又亮的眼睛，像要一口气咬下来、舔下来。他再次将其放到炕上时，她的双乳之间、臂上和腿根，都被他搓弄得渗出了细小的血珠。每逢这个时刻，渔把头催眠曲般的咕哝和哼叫就响起来了，它配合越来越大的海潮之声，和谐无间地汇入其中，随之一起波动。她每每震惊的是，自己不是在别处，而是在涌荡起伏的波涛之上被一个男人索要、被其不间断地挖掘和寻觅。她闭着眼睛，眩晕，沉醉，欲死欲仙，一阵阵呻吟渐渐变成了号叫，这声音在某一瞬间将渔把头从另一个世界召唤回来。

渔把头磕牙，抿着嘴巴，整个人糊里糊涂乐着，咧开的大嘴里露出了一颗残牙。

珊子深吸一口说：“老头子啊，你有时是真能吹啊！你哪有什么一罐一罐金币银币？你是做梦了吧？”

“咱一点都不吹！要不咱怎么不跟那一伙渔人撤走呢？咱是留下守、守咱的宝物啊……”

“我还是不信！你就是挖出一小罐来让我看看，我也好相信你说的不是疯话梦话呀！”

渔把头困了，闭着眼摇头：“那可不行。这或许是留给你的一些宝物，或许你连一个钢镚儿也得不着。这就得看你的运气了……”

七片叶子

珊子对渔把头说：“昨夜我梦见镇上的小屋塌了。我得回去一趟了。”渔把头嗯一声，算是同意。

珊子迈出屋门的一刻，只听身后嗷的一声，回头见他手扳着脚掌念叨：“早些回呀！回呀！我离你久了不行哩！”

她匆匆赶往石头街。待看到镇子轮廓时，这才开始惊讶：自己竟然真的离开镇子安家了，一离开竟会是这么久。她急急走入镇子，当踏上石头街时，却又像害怕踏响地雷一般，又轻又缓地往前迈步。街上人对她的离与归从不当回事儿，唯独这一次用异样的眼睛盯着她。

她从他们的目光中读出：小屋真的塌了。

一点不错，昨天午夜十二时整，只听轰隆一声，小屋变成了一大堆鹅卵石。黎明前唐童已经让一群背铳人围住了卵石，并让人从中寻找一些有价值的东西，然后一一装入木箱。木箱装完了，还有大量需要装起的东西，唐童一急，想起牲口棚闲置了一口没人用的棺材，就让人抬了来——珊子一步迈入小院时，见大家正在为她敛出一些杂七杂八，叮叮当当往那口半新的棺材里扔，她的心不知怎么揪紧了一下。

唐童这个夜晚让珊子在牲口棚住下，一直陪在身边。他哭了，一张咧了老大的、酷似母亲草驴那样的嘴巴一下下碰着珊子的双乳。后来他好像又发现了什么，举了桅灯一照，发现她赤裸的身上有不止一处的搓伤。

“我的老天，这是什么鬼人吃了豹子苦胆？”

珊子一下下抚动他头顶的鬈发，说：“等明天去河口送东西时你就知道了。”

天一亮，由唐童和手下的几个人背铳压阵，两辆大车一直往北，再折向西，直向着河口驶去。多半天的时间就挨近了小泥屋，快走到跟前时，唐童夸张地喘息，张着大嘴迎着泥屋，像狗一样发出哈嗒哈嗒的声音。

渔把头在屋边叉着腰看，并不上前。

“这是镇上人哩！这是我的——咱的东西！”珊子指东道西，面向渔把头大声说。

渔把头正得意地捋着胡须，一个个端量这伙人；当他一眼看到了车上的棺材时，腿和手都抖索起来，嘴里哼叫着走近珊子：“这是谁、谁死了……”

珊子这才看出他面无血色，每根胡须都在打战，不由得一怔。少顷，她敲敲棺材说：“噢，不、不，这里面装了东西，他们先是当箱子用用的……”

渔把头这才明白过来，他跑了几步，上前一把揪住牲口，一拳连一拳捣着棺材说：“这是做什么！这是要做什么？这是……”

珊子好不容易才把发火的渔把头劝住。可是从那会儿这家伙再也提不起神儿了，时不时总要瞥一眼卸下来的棺材。几个人忙忙活活将运来的杂物搬下来并一一归整，渔把头从头看了一遍这些零零散散的物件，顺手拎起一副小红肚兜儿、一个浅黄色的大乳罩、两块搓脚石，说："我日他娘。"珊子说："快别磨蹭了，来这么些娘家人，你去弄条像样的大鱼待客吧。"渔把头不吱一声，拿上鱼叉和抄网走了。

唐童对小泥屋的简陋十二分惊讶，说："这根臭光棍什么都没有！"珊子悄声说了他藏下宝物的事。唐童跳起来，她一掌把他拍坐了。

剩下的时间唐童再不沉着，一双眼在前后左右乱瞅，又出门在泥屋附近端量，用脚踢踢踏踏。渔把头背着三条小腿那么粗的鱼过来，问："你要撒尿？这里没茅厕，随便。"唐童只好解了裤子，一边还在盯视墙基、放了一堆杂物的破船。

唐童离开，没过三天又回来了，肩扛一半猪排说："这儿日子太苦了，俺娘家人不放心哩！"这一次渔把头喝了不少酒，当场表演大口咀嚼海草、海参的猛相，唐童朝珊子挤挤眼说："真是条英雄好汉哪！"渔把头说："其实我压根儿不用什么鱼叉！我赤手就能擒来大鱼！"说着领他们往海边走去。

这天风浪涌起来，海水呈墨色。渔把头一个猛子扎入，一直往里游去……唐童看着海里的人，对珊子咂咂嘴：“这家伙待在这儿一天，咱就没法挖找那些宝物。”珊子一直看着远处浪尖上那个黑点，没有应声。唐童说：“这家伙吃我一铳就好了。”珊子盯他一眼。他把脸转向远海，咕哝：“这会儿给他一铳，谁也不知道是怎么回事。他就再也回不来了。”

余下时间珊子脸色难看至极。那个浪尖上的黑点开始变大，他们都看到他的大脸了，他一只手划水一只手撸着脸上的水花……珊子小着声音，自语般道：“你去林子里采那叶子吧。”

唐童蹦起：“知道，老牛吃了鼻口蹿血……我给你一大把。”

“用不着。七片就行了。”

这一夜，渔把头照例吞吃了一团海草：海参裹在其中，他大口咀嚼时故意做出一副怪相。他一双大手把珊子举举放放，嚷着：“你这样的骚夜叉，只有咱享用得了。”他亲她，逗小孩一样弹她的脑瓜。她摸他隆起的腱子肉，夸道：

“你就好比一头大水牛。”

第二天下午，渔把头驾着小船进海撒参苗了。珊子沿着河东岸往南，坐在稀稀柳丛中的一块大石头上。她这样等了一袋烟的工夫，唐童就来了，满脸是汗：“我早来了！早来了！”说着塞过来一大把墨黑的、又细又长的叶子。

珊子只从中取了七片：颜色深重、角质层厚、匀细俊美的。

她将七片叶子切成细丝掺进海草，裹上海参。她亲手做出的海草团子可比那家伙弄出的好看多了。

渔把头从海上归来，进门第一件事就是盯紧了这团海草：“狗日的老婆子懂事不少。”

他喝水，咀嚼这海草，模样难看极了。这一回好像比平时费力十倍，但总算是吃下去了。珊子长叹一声。渔把头噎出了泪花，捋捋胡子：

“真他妈的苦啊！也许是上了年纪，这草一天比一天难吃！”

珊子端过海参汤让他饮，一下下拍打他的后背：“大水牛饮了这遭，以后再也不用吃了。”

“还得吃！还得吃！”

“不用吃了，再也不用吃了。”

下半夜月亮出来了。从这一刻开始珊子就披衣坐在泥屋外边。一些野物趴在窗上门上，一声连一声大嚎。她没有理它们。

“嗷！哦嗷哦嗷！啊哈嗷嗷……”

几只大型野物在月亮底下撒腿奔跑起来，沿着扑扑海浪打湿的岸边边跑边嚎，声音里全是惊恐和绝望。

名家点评

张炜的写作情意温柔，气象宏大，是关于灵魂的执着追问，关于土地与文明的诗篇。这样的作家现在已经不多了。

《刺猬歌》是一次惊人的技术试验和精神远行，爆发出丰沛和奇异的想象力，将人类与其他生物无缝接通，将现实与神话交融一体，所创造的超验世界让《聊斋》式的神幻都显得简陋。现实的正义感色谱鲜明，但牢牢扎根在终极意义的遥远苍茫里。

作家　韩少功

如果说《九月寓言》因其思想、艺术的和谐、圆融、成熟而彰显了张炜艺术气质的独特魅力的话，那么《刺猬歌》则是一枚异常甜美的艺术果实，它让我们又一次重温了《九月寓言》式的艺术感动，那种感性与理性、自然与人性、历史与现实、经验与超验亲密无间的融合，那种浪漫主义、理想主义的诗情以及野性而混沌的艺术风格，无疑是对张炜式的艺术气质的崭新诠释，也是对《九月寓言》的一次优雅呼应与对接。

吴义勤

中国作协党组成员、中国作家出版集团党委书记，文学评论家

《刺猬歌》是一部刻意表达来自自然和健康人性的反抗之声的小说，也是一部刻意表达命运与悲剧的小说。张炜在这部作品中既书写了一个坚定的思想探求者，一个知识分子式的人物，写了他带着信念和意志的生活，但同时也书写了他的失败——在观念、行为，甚至爱情方面的失败，这几乎是全方位的失败，有象征意义的失败。就像小说在最后写的男主人公廖麦为了守护他的田园，而面临着庞大的推土机群的围困一样。说这个景象具有某种时代的象征意义，应该是不夸张的，疯狂而空前的欲望，正借着许多堂而皇之的合法名义，围困和吞噬着我们的自然和文化的最后一点遗产。

北京师范大学教授，文学评论家　张清华

张炜创作谈：

自然，这是长长的行走之书。它共计有十部，四百五十万言。虽然每一部皆可独立成书，但它仍然不是一般意义上的系列作品。在这些故事的躯体上，跳动着同一颗心脏，有着同一副神经网络和血脉循环系统。

在终于完成这场漫长的劳作之后，有一种穿越旷邈和远征跋涉的感觉。回视这部记录，心底每每滋生出这样的慨叹：这无一不是他们的亲身所历，又无一不是某种虚构。这是一部超长时空中的各色心史，跨越久远又如此斑驳。但它的主要部分还是一批五十年代生人的故事，因为记录者认为：这一代人经历的是一段极为特殊的生命历程。无论是在这之前还是在这之后，在相当长的一个历史时期内，这些人都将是具有非凡意义的枢纽式人物。不了解这批人，不深入研究他们身与心的生存，也就不会理解这个民族的现在与未来。这是命中注定的。这样说可能并不夸张。

我起意的时候是20世纪80年代中。我动手写下第一笔的时候是80年代末。萌生一个大念固然不易，可是我无论如何也想不到，要为它花去整整二十年最好的光阴：抚摸与镌刻的二十年，不舍昼夜的二十年……

我耗去了二十年的时光，它当然自有缘故，也自有来处和去处。

长篇

你在高原（节选）

一

我还从来没有遇到一个乡村医生会像三先生一样荣耀，在这么大的一片土地上享有如此崇高的声誉。他行医的过程我目睹过几次，得出的观感可用八个字概括：印象深刻，不敢恭维。真的，一个奇形怪状的异人，一个无法对话、无法理喻的遗老，一个技艺超凡却又令人生疑的江湖术士。总之这个人让我多少有点害怕。可是这一带的村民却绝不这样看，他们不容他人吐露一字不恭，不仅将其看成一个好医生、一个治病救人的人，而是直接就把他当成了起死回生的圣手、一个半仙之人。大概在方圆几百里都流传了关于他的神奇故事，单听这些故事，你甚至会近前却步，惮于见他，因为他整个人都镶了一道神秘的光圈，你会担心见面时被这光刺伤。

他与一般意义上的医生当然大为不同，单是行头就有些古怪：不提包不背药箱，而是一直在肩上搭一个土黄色的药褡子。据上年纪的人说最早的记忆中就是这样，这才是正经的乡间医生呢，过去年代里过路行医的老先生人人如此。别看行头古旧简单，褡子里装的东西也不多，无非是几把铁制的小器具、一点膏丸丹散等。那里面绝没有什么温度计和血压表之类的，因为那都是花花哨哨的新兴物件，只能加重人们对医术的担忧。许多老年人对它们的功效将信将疑，有时干脆断言：只有不中用的医生才借助那样的机器哩，为什么？就因为他们“脉手”不好。把脉万能论在这里是颇有市场的，评判一个医生手段如何，第一句话就问：“脉手咋样？”脉手差的，即不可信用，其他一概不再多问。

这里的乡村习俗、规则，照样是以老年人为根据和基准的。比如医疗问题，年轻人的见解并不占上风。可能是他们身体尚好不太考虑这一类问题吧，对行医的方法效用等还未拥有发言权。直到今天，按村里大多数人的观点，还是固执地认为西医不能治病——“西医不过是使使止药，西医怎么能治病？”有人指问一个刚刚被西医抢救过来的病人：“他不是被西医治好的吗？”他们说：“那不过是止住了。西医哪能治好病呢？他身上该有什么病还有什么病。”有人又以一个开刀手术治愈的人为例：“这人不是西医救过来的吗？”他们说：“动刀儿自古就是咱中医的拿手活计，这算不得西医。”

相传三先生与路人同行半里，就能清清楚楚得知对方身上有什么病。他如果在一户人家屋外瞅上一会儿，还能预言这一家的“人气”——气旺能祛百病，气衰则五乱滋扰。他认为人身上的气味是最不可忽视的，就像天气预报中的云彩气雾一样。有一次一个中年壮汉得了怪病，亲疏不辨，动辄妄言，村头正想捆绑起来送到林泉精神病院，被三先生当街拦住了。他先是端量了一会儿，而后取出一根银针，趁其不备一个箭步冲了上去，直刺穴门——刚刚还在狂呼乱叫的病人立刻萎靡。紧接着三先生收回弓步，出掌凌厉，拍击频仍，什么命门、印堂、人中，一一开伐。那壮汉随着击打先是一下下摇晃，接着就当街倒地大睡起来，一直睡了三天三夜，醒来后即微笑如常，见人频频颔首，颇有礼数。还有一个绝不相信中医的人背生恶疾，痛不欲生，跑了几次大医院都说要全麻动刀，还说至少要剜去一大块背肉。那人平生最怕的就是刀子，于是家里人只好在他令人恐惧的呻吟声中出门去寻三先生。三先生当时正好因事路过这里，身上连褡子都没带，看了看病人，哼了一声。他反身出门，到就近的田里转了转，随手采了几味草药，嘱其家人：一半炙成粉面搽用，一半煮水服用，一周为限。七天刚过，病人果然背疾痊愈。

三先生最看重的就是药材，以他看来，有些名医手到而病不能除，其主要原因就是药材不好：或成色不足，或直接就是有名无实——产地不同，药力实质则大相径庭。还有一些药原本就得医家亲自摘取，他人不得代手，因为这其中满是玄机，差之毫厘失之千里，必成虚妄。人们说三先生的奇绝之处，有一多半就来自他的隐秘不宣之药。比如老冬子迟迟不能治愈，绝不是因为医术，而是寻药艰难。有人曾问他那到底是什么药？他闭口不答。

当地人叫随从为“跟包”，意思和秘书差不多——一位跟随老人多年的“跟包”酒后透露：治老冬子的病必要两味不可或缺的药，一味叫“魂”，另一味叫“魄”。两味药都属无影无形之物，摘取艰难，非大药匠而不能为。所以三先生必要亲自动手，而且也保不准就能志在必得。

先说“魂”。这需要取药者征得家人同意，然后站在即将过世的人床边，伺机动作。那时节要以心悟而不以目视，全凭一个寸劲儿，将刚刚飘游离体之魂收入囊中：方法是手持一洁白口袋，于半空捕获并速速扎紧，然后当场以朱砂点红。如此，一个“魂”即告采收。据说魂是吱吱有声的，只是一般耳朵根本无法听到——它的欢叫或哭泣只有采摘老手才能知道。一般人以为魂在那一刻必要哭泣悲伤，其实不然。魂离开了躯体就等于一个客人离开了常住的寓所，其高兴与否完全要看它住得舒服不舒服。有的刚一离开即欢叫不止，有的则恋恋不舍。魂其实是纯稚如儿童的，它天真极了，只是和肮脏的皮囊合在一处才变得形形色色。采魂的人要如实相告家人：这一次相助阳间只会积累功德，大有益于来世。所以一般人家都会同意采取。

魂在一个小白口袋里欢叫着，不时蹿动几下，吱吱叫，又像蝈蝈一样唱起来。它有时还要逗弄提袋子的人，当他举起口袋想要听一下有无动静时，它先是不吱一声，而后猛地大哭起来，让其吓上一大跳。一般来说，魂刚刚离开躯体还是轻松活泼的，它们觉得一切都十分好玩。这些年来“魂”是不难采的，所以三先生已经积了许多扎好的、上面有朱砂红点的白口袋。最难的是寻“魄”——它不像魂一样往上飞扬，而恰恰相反，它的心事太重了，主意太大了，一离开人体总是往下沉、沉，一直沉到地底下去，去那儿待着。它一般于瞬间落地入土，然后慢慢渗入土壤。它会在挨上水流的那一刻飞速漂移，就像乘船一样。所以在水皮浅的地段要找一个“魄”是非常困难的。

另一个采集的难处在于其他：“魄”离开躯体是必要从脚尖开始的，于是过世者的脚尖指向就成为至关重要的因素。脚尖向上，“魄”即要披散而落，这样到底从哪里入地也就难说了。有经验的老药匠都知道，除非是上吊的人，不然要准确地挖到一个“魄”是难上加难的。

二

三先生四处打听并叮嘱他人：如果听说哪里有悬梁自尽的人要速速告知。其实这样的消息近年并不少见，四周村子里每年都有几个。收集“魄”之难，不仅在于信息灵通，要在事发当日赶到，以防其沉入深处或借水游走，更有其他种种因素。三先生感叹：“我一生收集此物件难则难矣，扳指算来也不计其数，唯在如今，一‘魄’难求！”

有一天跟包匆匆来报，说快走，一个叫“二里外”的村子出事了，昨夜里才有人那样自尽了。三先生扳指算算时间，带上器具急急上路了。

“二里外”是个只有一百多户的小村，因为靠近另一个大村，在一年前被“兼并”了。这个大村现已照例改名“集团”，村头儿改名董事长，搞起了各种工企业，于几年前开始圈占大片土地——低价租用不成则兼并村落，这样属于原村的土地即全部划归这个集团。“二里外”成为集团中的一员，所有村民及土地财物统统归了新的主人。类似的兼并在这一带经常发生，于是不断传出一些惊人的消息：有人被强逼搬迁新区，可就是缴纳不起一笔费用，只好赖在祖传的小屋中，结果被无名无姓的闯入者暴打致残；还有的孤苦老汉干脆服药自杀。光是半年的时间，三先生就往“二里外”跑了两次，一次听说一个中年妇女上吊了，可是匆忙赶到时才知道已经迟了整整十个小时，“魄”自然是找不到了。另一次倒是及时赶到了现场，但细细勘察出事地点，发现此行仍然无效：死者吊死在中间隔壁的门梁上，其脚尖下垂处除了门槛，还有一块厚厚的青石。三先生虽然知道机会甚微，也还是耐心地揭开了石板，然后又用一个桃形铁铲细细挖掘。果然不出所料，石板下土色如常，什么迹象都没有。原本如此，“魄”再多能，怎会穿越硬硬的石板呢？

一路上，跟包咕哝着出事的缘由：想不开的是一个小伙子，二十岁左右，在集团里看仓库，好像是因为玩耍耽误了工作，仓库丢失了什么东西，遂造成这个可怕的结局。真是玩物丧志啊，一个男人老大不小了，那么喜欢猫，养了不止一只，养得又肥又大。“人家不让带猫上班，他就偷着揣去。嘿唉，连吃饭都一个碗，恶心！”三先生只听着，不吭声。据说这个老人最大的癖好也是养猫，一辈子就是因为太喜欢猫了，连老婆都没娶。跟包一路上许多时间都在谴责猫的罪过，后来没听到一声回应，才把嘴巴收住。三先生见他不说话了，就回头瞥瞥。跟包立刻说：“他是害怕怪罪下来，再加上被人打了一顿，就在半夜偷偷吊在仓库前边不远的一棵歪脖子树上了。”

跟包后来对人说，当时老先生听了这句话以后，眉头一直锁着，步子快得追不上，一会儿就到了那个集团所在地了。

“集团的人不让靠近，不管是穿制服的还是什么别的人，谁也不让到出事地点去。谁要是不听劝告硬是往前挤，就咔嚓一棍打过来……”跟包描述那一天的场景，十分兴奋。

他说由于和三先生在一块儿，这就完全不同了。为什么？就因为这当中有人认出了背褡子的人，接着又抱拳又作揖的，知道老人是取一味药来了。他们不光是将二人从一群咋咋呼呼的村里人中间拉出，还由一个保安模样的手扯着手领到那棵歪脖子树下。那人指指点点，取了一根粉笔，在地上描了一个圆圈。可是三先生并没有开挖，像过去一样，如果有可能的话，一定要亲眼看看这个不幸的死者。老人要在死者面前站上好一会儿，咕哝一些别人听不明白的话。那个保卫说这回可不行，这回得请示一下。保卫找地方打电话去了，半天才转回来：“看就看吧，领导说瞅上一眼就行了，外面家属正闹哩。”

三先生那天可不是瞅了一眼。他看得太细了。最后走出来，走到那棵歪脖子树下，看着那个粉笔画上的圆圈，摇摇头。跟包催他快些挖吧，他还是摇头。“怎么了？”“咱白跑了一趟，下边什么都没有。”“不挖咋就知道？”三先生小声地在跟包耳边说：“这孩子是被人打死的，他给移在了这棵歪脖子树下。”跟包将信将疑，还是从老人手里取过桃形铲挖起来。一直挖下了一尺多深——通常只要五寸即可——什么痕迹都没有。老人拍拍他的肩膀：“咱走吧。”

有一个巧嘴滑舌的乡头儿曾以三先生取“魄”之难为例，大谈这一围遭治理之好、生活之美：“想想看吧，咱这地方什么多了？电视机多了，小汽车多了，楼房多了！什么少了？冤死的人少了，上吊的人少了——不信问问三先生去，他这一年里硬是弄不到一个‘魄’！这有事实为证哩，这可不是胡吹着玩的吧？嗯哼？”跟包告诉了三先生，三先生摇头：

“那是因为水泥地多了。”

的确，有许多次急匆匆赶去，最后还是无功而返，都因为死者垂挂之处恰好是水泥地面——“魄”根本不可能穿破坚硬的水泥。

三先生的跟包只要一有机会就嚷嚷，像是在当众做出一个重大宣示：“现在的人哪，又自私又懒惰，都到了最后光景了，也不在乎多跑那几步吧？跑到一个有土的地方多好，那时候再拴绳子什么的也不晚哪！”周围的人听多了，总算知道了他的意图，都说：干什么想什么，这家伙说得多少在理呢。

大约在跟包胡嚷了一阵之后，真的有个人在自家门口的野地上吊死了：清晨起来，许多人都看到一个男人直挺挺地挂在那儿。

这个人一直在外地打工，半年后揣了一笔钱回家，发现老婆跑了。这就是村里人知道的全部故事。这个人平时闷声不响，谁也不清楚更多的缘故，直到等来这个结局。那一天大伙把人移走，太阳已升到了树梢那么高，跟包领来三先生说：“该动手了。”

三先生用一把桃形铲把周边浮土和杂草除掉，在大约七寸半径的圆周内由外往里开挖，动作小心谨慎到极点。跟包蹲在旁边，呼吸都停止了。挖出了一个小小的孤岛时，三先生开始轻轻拨动：一层黑如墨炭的泥土，状似枣核，厚二寸许，大如童掌。他一点点将其从中剥离开来，再缓缓移至桃形铲上，取过一旁的深棕色布袋，一抬铲柄倾入。

三

红脸老健特别兴奋的是老冬子有救了。我问他肯定能治好吗？老健笑吟吟吸着烟说："那还不能？药齐了嘛！"

一连几天都有人去老冬子家看光景，这让他的家里人烦了。老冬子的老婆只信服红脸老健，说他叔你把这些闲人赶开吧，这样拥着，老冬子神药也治不好，你没听他从早上起来就打嗝？他过去十来天也不打一个嗝！老健像轰一群麻雀一样扬手赶那些进门的人，只留下我和小白。有人愤愤说："他俩怎么就能待？"老健说："他们是我的贵客。"

三先生一连三天指挥跟包干活，自己在另一间屋里喝茶。老人坐在那儿，眯着眼，若有所思。他的脸上有许多十字形的皱纹，鼻翼下垂，气息奄奄，给人一种不久于世的感觉。如果有人在一旁看他，只要不开口呼叫，他权当没人一样自顾安息。尽管他没有睁眼，跟包在另一间屋里做了什么、做到了哪一节上，他全了然于心，一会儿就哼一句："再加水。""搅到七八分，撤火。"那边的人边应边忙，突然老冬子皱眉瘪嘴，跟包正要去隔壁告知什么，老人就大声喊："按人中，揉丹田。"跟包回身做了，病人遂平息。

我们一直没见三先生拿出褡子里的白色袋子，更没有深棕色布包。那边用文火煎了草药，一连三服服下后，跟包来报告说：“老冬子只是睡呢。”三先生说：“睡吧，睡上一天一夜，睡到磨牙。”说完背起褡子要走。老冬子的老婆站在门口挽留，说就这样了？人还不见睁眼呢。跟包说：“睁眼？前些天不是一直大睁着吗？没吓死你？他该闭闭眼养神了！”

三先生和跟包走后，我们几个就回到老冬子床前，发现他正打着呼噜，胸脯急剧起伏。被子下的人显得有点瘦弱，老健掀了被子捋着他的胳膊说：“这人过去多壮，腱子肉鼓鼓的，这会儿看看吧，才几天的工夫就折腾成这样。咱还能饶了他们？”他说着回头看我们几个。老冬子磨起了牙齿，嘴唇也随之嚅动，口沫一会儿渗出来。小白说：“真是的，老先生说得一点不错。”老健说：“那是当然了，那怎么会错？”老冬子老婆问那两味大药到底放了没有？都说没见。

跟包送三先生走后，复又返回，问了病人一些情况。都回跟包说：“磨牙了。”然后问：“为什么还不使上那两味大药？”跟包答：“那要等睡上一天一夜有了力气才行——魂魄一加人就生猛起来，太弱的身子承不住啊！”老健问：

“我怎么没见那物件啊？也没听见动静——你不是说它们会叫唤吗？”

老健问过之后，我们都盯着跟包。

“老人藏了哩！为什么？风声不对哩！只等时辰一到，下了药便是……”

老健脸色由红转成铁青，鼻子里发出哞的一声，像老牛一样，眼都瞪出来了。跟包小声地在他耳朵上说起来，声音渐大，我们都听得清了：“……三先生一看就不是那么回事！他从‘二里外’回来，就在纸上写了——我还以为是药方呢，谁知道那是一张什么啊。这不，几天没过穿制服的就来了，问这问那。老人只一句话：那小伙子不是上吊死的。来人问：绳子从脖子上刚解哩，这怎么讲？老先生不语。隔一天集团保卫部的人也来了，吹胡子瞪眼说：敬酒不吃吃罚酒啊，你可真敢说！老人不语。后来那些人就在屋里乱搜，幸亏老人事前把两味大药藏了。”

老健拍腿：“这是逼得咱往绝路上撞啊！咱可不想这样！”他转脸看看老冬子，咕哝：“老伙计啊你快些好起来吧，好起来咱一起干点大事。你如今这么躺着像个小媳妇，以前哩？一头豹子！你是豹子，苇子是瘦狼，哥儿几个都不是省油的灯！打从大苇塘那一仗过去咱们再没提过镢头搬弄过铁家什，今后嘛，也就难说了……”

小白皱眉。

“四疃八乡的人可都看咱们的了。咱们村子一动，这一块儿的村子都会跟上。老伙计快好起来吧，夜里多长着神儿，多几个提防。我老健风声一紧就没在一个地方睡过觉。还有独蛋老荒，他该发话让人值夜……”

小白终于扯了扯老健的衣袖。老健立刻不语。

一天一夜过去，我们都在等一个时辰。可是原来说好三先生一大早就到的，直到太阳升起树梢那么高还没见人影。老冬子老婆一直站在门口等人。又过了一会儿，老冬子老婆在门外嚷叫：“来了来了！天，这是怎么了？”

我们都跑到门外，这才看到一个人——是跟包，他背着人往这边缓缓走来。我们赶到跟前一看，原来背上的人正是三先生，老人闭着眼，额头青肿，衣服也撕破了好几处。老健大声问着什么，跟包以手势制止。

赶紧进屋。一屋的人脸色肃穆。三先生被放到隔壁的床上，仰躺下之后，才让人看清伤有多重。老人除了脸上的擦伤，还有肩部、胸部的纱布包裹，有的地方血已洇出，一条腿也不能动。三先生睁开眼四下瞄瞄，艰难喘息，对跟包说：“煎一刻。冲二味。温服。防嗝逆。”

几个人都去了病人的屋子，只有红脸老健待在三先生身边。老人闭着眼睛。老健走出来，瞅个工夫问跟包：“到底怎么回事？不要紧吧？”跟包泪水哗一下流到鼻子两侧：“夜里先生屋里闯进几个黑心人。他们原是要给他留下内伤的，让老人再也不能出门，再也活不久……”老健流出了眼泪。“幸亏先生备有跌打散，要不今儿个连门都出不了。”“不要紧吧？”“难说，也许养上半月会好，幸亏服了跌打散。”正说着三先生有了声音，几个人赶紧跑去，一进门见老人竖起了两根手指。跟包凑向跟前，帮老人解了一个扣子，然后从贴胸处取出了一白一棕两个袋子。

这边的药已熬过一刻。跟包祷告几声，把两个袋子投在一个瓷碗中，端起药汤时又贴近了听了听，回头对红脸老健说：“‘魂’正吱吱叫呢！”老健说：“该不是怕烫吧？”“哪里，它哪里会怕。它为有了用场欢喜哩。”老健又问：“‘魄’呢？它这会儿怎样？”“它从来不吱一声，它一辈子都不说一句话的。”

滚烫的汤药冲在那两个口袋上，竟发出了一股从没嗅过的异香。

等待汤药温凉下来的这一段时间，跟包一直合掌站立。

有人把仍然瞌睡的老冬子扶起来，他老婆在他耳边像哄孩子一样说："快喝了吧，喝了吧，小口别呛着啊，这里面有宝物哩，喝了就立马精神头儿足壮哩。喝了吧喝了吧……"先是用汤勺喂，后来剩下半碗就直接倾入口中。喝过后想让他躺下，可他抿着嘴眨巴了几下眼，眼睛越瞪越大，也越来越亮，竟四下里找起人来。红脸老健猛一砸手掌说："老冬子啊，咱在这里哩，你看不见？"老冬子打一愣怔，一下抱住了老健的胳膊。老健流着泪笑了，骂着粗话，拍打对方的背。

四

我只要一闭眼睛，脑海里就会出现三先生的模样，他奇怪的眼神，脸上的皱纹，特别是遭遇毒手之后的那个样子。我几乎没听老人说过几句完整的话，一种崇敬之情混合着难言的神秘，长时间笼罩了我。我和小白在后来曾去看过老人，发现老人住在一个偏僻的地方：一大片梧桐树和椿树间杂混生，形成黑乌乌的一片，远看只是一个小树林；走近了，觉得有一股柔和的香风在荡漾；几只老鸦蹲在枝丫上咳嗽，见了来人也不惊慌；更近了，可见小林中有一幢大顶茅屋，旁边则是更小的一幢，两幢对角相连；小林四周由竹篱围起，大白鹅共有三只，正沿竹篱缓缓走动，见了我们即仰脖叫道：啊，啊啊！

跟包听见鹅叫就走出来了，一拍手把我们领进去。

进到里边才发现，这幢大顶茅屋敞亮无比，里面东西甚少，无非一床一桌一地铺。地铺光洁可人，上面有叠得十分整齐的行李，跟包说这是老人打坐用的，有时他就睡在这里。原来与小屋对角相连处恰是一道小门，由小门进入即全部的医家设备了：药味扑鼻，药碾子，百屉橱，铜杵铜钵，还有看不明白的一大堆物件。

三先生正在床上歇息，听见声音微微睁眼，点了点头重新闭上。跟包对我们小声说："不要紧了，已经能起来打坐了。"然后又领我们走到屋外说，"看到了吧？"我们什么都看不到，眼前不过是树和鹅。"有两个小伙子在林子里，他们是红脸老健指派来的，值夜，身上带了镖。"我们都觉得老健想得十分周到。我问镖是什么模样？跟包说："说不明白，什么样的都有，他们带的就像短攮子。”小白又问：“‘攮子’是什么？”“就是小匕首。”小白咝咝吸一口冷气。“没有办法，这年头又有了蒙面人，他们半夜行事，办完就走，谁也不知道是哪来的、受谁指使。老健对值夜的说：‘不用怕，他们只要敢来，咱就敢一镖封喉！’”跟包一边比画一边说，让人害怕。我们都说这事最好让村头老荒知道，他可是一村的负责人哪，有事先向上级报告。跟包说：“我看也是，你们问老健去吧。”

回去的路上正好遇到了老健，他匆匆沿街行走。我们对他说了三先生的情形，然后问村头老荒怎么不见了？真的，这些天就没见这个人！老健马上骂起了独蛋：“这家伙肯定是为了保住最后的一个蛋，他这样孬我也不计较，怕就怕出了别的事哩！”“会是什么事？”老健蹲下，卷了一支烟吸上，盯着一个巷口说：

“这几天集团的人、保卫部的人，一些贼眉鼠眼的东西没少往村里窜。还有穿制服的人，叫上这个那个谈话……我怕又是走漏了消息。我找苇子商量，苇子第一个就怀疑他岳父，说与矿区那一拨人来来往往的就他了，再说那个记者溜溜也不会跟他断了线。我开始还摇头，说你也太小看他了，他这回可是跟我老健拍了胸脯的！再说亲闺女遭了那么大的事，他也不至于丧这么大的良心吧！我这样说，苇子不吭一声，脸青着，后来才算交了个底：听他媳妇说，老荒被一些人许了大礼，说事成之后给一辆高级轿车坐呢——还让她叮嘱自己男人，无论别人怎么鼓动，往后齐伙干的事儿千万不要掺和，就在家待着，不然后悔就来不及了！”

小白的脸色变了。他盯我一眼，又看老健，说：“明白了。”

老健问：“你说怎么办呢？”

小白咬咬牙关：“没有别的办法，看来他们肯定做好了一切准备——到了那一天会封我们的路。如果各村联系人不出问题，最好咱们提前行动。这样算是给他们一个措手不及。”

老健嗯嗯点头：“一点不错，我也这么寻思！这是他们逼出的一个法儿了，妈的，等事情过后，不用别人，就由我把他剩下的那个蛋给他整掉！咱村里出了这样的奸人，你做梦能想得到？”

“就这样办吧，明天——不，后天就起手吧！”小白又转头问我：“你说呢？”

我一直在听。我说没有别的，只强调一定要是和平的手段，要千方百计避免冲突—— 一旦冲突起来就无法控制了。小白说："这你放心，我和老健也怕打起来。我们有苇子和老冬子，他们会管住这几个村里的人，老健交代给他们：谁要耍泼发蛮，就揍谁！咱是以合法的、和平的方式……"

这天晚上，小白不知从哪里找来了一个录像机，哑着嗓子对我说："机器找到了，今晚我们看《锁麟囊》吧——我怕过了今天就忙起来，到时候再也没有机会看了。我真是想极了，我等不得了。咱们好好看一场吧，你好好看看她……"

多么缓慢的节奏。一点一点深入和适应。锣鼓的吵，然后是极大的安静、安静……调皮的丫鬟，纯良的院公，最后是她—— 雍容华贵！镜头推近一些，啊，一个如此娇羞的女子，稚弱，手如葱白，令人疼怜……我的目光离不开她的眸子、朱唇、纤纤的手。一招一式都牵人情思。安静，纤毫不乱，法度严谨，高古，却又在二丑们、在丫鬟的一颦一笑中微微透气。她—— 我无法记住主人公的名字，而牢牢认定了这就是小白的结发之妻、被官商诱拐之妻—— 而今她楚楚动人，栩栩如生站在眼前，天生丽质。

正是小白的结发之妻经历了那一场登州的大水，被冲得家破人亡。是的，我把剧情与眼前的小白合而为一。天灾，人祸，小白。那该是怎样的爱恨情仇。

小白一动不动，凝住了一般。他盯着她的眼睛，那一潭清水。

我在心里惊叹：是的，她，更有她的艺术，这不是人间所能拥有的。这是天籁，这是从紫蓝色天空、从那轮皎月上飘然而至的一个仙女啊。

名家点评

《你在高原》是“长长的行走之书”，在广袤大地上，在现实与历史之间，诚挚凝视中国人的生活和命运，不懈求索理想的“高原”。张炜沉静、坚韧的写作，以巨大的规模和整体性视野展现人与世界的关系，在长达十部的篇幅中，他保持着饱满的诗情和充沛的叙事力量，为理想主义者绘制了气象万千的精神图谱。

第八届茅盾文学奖　授奖词

长篇巨著《你在高原》不仅让张炜的文学创作达到了一个新的高度，而且也是我国当代长篇小说创作的一个有重量的新收获。这部作品对于人类发展历程的沉思、对于道德良心的追问、对于底层民众命运和精神深处的探询、对于自然生态平衡揪心的关注等方面，都给我们留下了深刻的印象。面对《你在高原》时，我不禁想到了宋人的名画《清明上河图》，在数米长卷上，整个汴梁的政治、经济和文化等各种景致尽收眼底，气韵宏阔；而就局部细节上，哪怕是一个人物的眉眼表情，又都纤毫毕现。这种特点在这部小说中也有鲜明的体现，错综复杂的历史、宏大的故事背景和众多的人物，展现了近百年来，特别是改革开放以来中国某一地域的面貌，而在具体的细节刻画和人物摹写上，又细致入微、生动感人。

中国作家协会主席，作家　铁凝

长篇小说《你在高原》十卷本，四百五十万字，这显然是汉语小说写作史上不同寻常的举动。一个作家有如此强盛的创造性，有如此坚定的文学信念与创作热情，这无论如何是中国当代文学创作中令人肃然起敬的成就。这部系列长篇如同有一个“我”在高原上叙述。张炜的叙述人“我”携带着他强大的信仰进入历史，并且始终有一个当下的出发点，使这部作品有精神高度、有情感广度、有思想力度，因而气势高远、气韵生动。小说在反思五十年代人时，实际上也是自我反思，自我的经验总是在那些细节中停留、咀嚼和感怀。如果汉语文学有高原，《你在高原》就是高原；汉语文学有脊梁，《你在高原》就是脊梁。

北京大学中文系教授，文学评论家　陈晓明

张炜创作谈：

每个人都有根植在深处的幸福、痛苦或哀伤，不过一般都会在文字中绕开它们。但越是如此，越是不能忘怀。有人认为自己一切美好或痛苦的回忆，最深刻难忘的都来自童年和少年。所以它们一定被珍视和珍藏。谁都想好好藏起它们，因为无论如何这都是不可炫耀的。奇怪的是这种隐匿往往很难成功，一不小心就从贴身的口袋里流露出来。于是，讲述开始了，喃喃自语，最终却一点点增大了声音。没有办法，这可能是意志衰退或过于孤独的表现：终于绷不住了，也不再含蓄，只好用诉说赢得缓解。

我不断地讲述二十世纪五六十年代的海边故事，从不同角度记述它们，并且还原一些细节。我虽然没有想到某一天那片林海、无数野物和蘑菇还会原样复制，但总觉得记忆不该泯灭。我曾经说过，为了保险起见，这种记录需要采用会计们的记账法：用一式三份的“三联单”，分别留给“天、地、人”。

非虚构

我的原野盛宴（节选）

野宴

我们家在海边野林子里。它是一座由几行密密的榆树围起的小院，院门是木栅栏做成的。屋子不大，石基泥墙，屋顶铺了厚厚的苫草和海草。

茅屋四周是无边的林子。往南走十几里才会看到一些房屋，那是离我们最近的村子。

到我们这儿来的人很少。生人常常觉得一座茅屋孤零零地藏在林子里，有些怪；屋里只有我和外祖母两个人，也有些怪。

其实这里一直就是这样，在我出生前就是这样了。妈妈在一个大果园里做临时工，爸爸在很远的山里，所以平时只有我和外祖母了。妈妈隔一个星期回来一次，爸爸半年回来一次。我常常爬到高高的树上望着山影，想看到父亲。

来小院的人很少知道我们家的事，甚至不知道小院北边不远的林子里还藏有一座小泥屋，那是我们原来的家。它更小，泥顶泥墙，只有两间，已经半塌了。

外祖母说那座小泥屋是很早以前的了，而现在的茅屋是我出生前才盖的，就为了迎接一个新人的到来。

"'新人'是谁？"我问。

外祖母笑了："当然是你！"

我没事就去那个半塌的小泥屋里玩，因为它是以前的家，里面装了许多秘密，看也看不够。其实屋里空空的，东间是光光的土炕，西间是一小堆烂木头。小小的窗子早就破了，屋里积起了半尺厚的沙土，大概再过几年，它就会将整个屋子填满。西间屋顶已经露天了，那儿常常有一只探头探脑的鸟儿。

外祖母不让我去那座破泥屋，担心它有一天会突然塌下来。我一点都不害怕，我知道，它其实很牢固。

偶尔来我们家的有三种人：采药人、猎人和打鱼人。他们进出林子时就到我们家歇歇脚，喝一碗水，抽一会儿烟。这些人有时会送我们一点东西：一条鱼或一只野兔。

采药人有一条大口袋，打猎人有一支长枪，打鱼人有一杆鱼叉。他们都会抽烟，会讲有趣的故事，我最乐于和他们待在一起。

有个采药人叫老广，五十多岁，来的次数是最多的。他坐在桌前，除了喝外祖母端来的一碗水，还不时从口袋里摸出几颗炒豆子吃。他给我几粒，又硬又香。不过我最爱听他讲故事。他有一次看看我，又仰脸对外祖母说：

“大婶子啊，我今天遇见一桩好事……”

外祖母并没有停下手里的活儿，因为她听到的各种故事太多了，对什么都不再惊奇。可是我听得眼都不眨一下。

老广以前讲林子里的奇遇，无非是碰到一只什么怪鸟、一只从未见过的四蹄动物，还有打扮奇特的人，再不就是吃到了什么野果、喝到了什么甘泉。这次他开口就是一声长叹，摸了一下肚子说：“我被撑坏了！直到这会儿……还有些醉呢！”

我这才注意到老广的脸有点红，而且真的散发出一点酒气。不过他没有醉，说出的话清清楚楚。以前我见过一个打鱼的人醉了，走路摇摇晃晃，一开口前言不搭后语。

老广这会儿讲出的事情可真有点让人不敢相信！原来是这样的：他在林子里采了一天药材，正走得困乏，转过一片茂密的紫穗槐株子，看到了几棵大白杨树。他想在树下好好歇一会儿，因为这儿的白沙干干净净，四周都是花儿草儿，真让人喜欢。可是他还没有走到大树跟前，就闻到了一股浓浓的酒菜味儿。

“大婶子，不瞒你说，我这鼻子忒尖，一仰脸就知道，要有一件怪事发生……”老广抽着鼻子。

外祖母头也没抬，继续忙着手里的活儿。

“瞧瞧！几棵大白杨树下有一个老大的树墩，上面铺了白杨叶儿，叶儿上搁了一个个大螺壳儿、木片、柳条小篮、树皮，全盛上了最好的吃物，什么花红果儿、煮花生、栗子核桃、炸鱼和烧肉、冒白气的大馒头，还有一壶老酒……”

屋里静下来。我一直盯着他，见他停下来，就不住声地问：“啊，快说说是怎么回事？树下发生了什么？”老广鼓着嘴唇，故意待了一会儿才回答。

“原来是林子里的精灵要请客啊！什么精灵我不知道，

不过我敢肯定是它们！这么深的林子，十里二十里没有一户人家，谁会摆下这么大的酒宴？这分明是野物干的，它们或许是欠下了什么人情，这会儿要还，就这么着，摆上了一场大宴……”

外祖母抬头看他一眼：“你就入席了？”

老广搓搓鼻子：“这可莽撞不得，大婶子！你知道我是个沉得住气的人，这要耐住性子等一等再说。我知道主人肯定是出去邀客了，它回来如果见我偷吃了，还不知气成什么样哩，不会饶过我！我等啊等啊，离开一点儿，躲在栗树下看着，肚子咕咕响，馋得流口水。就这么过去大半天，一点动静都没有！本来盼着看一场大热闹，比如狐狸、野猪、猞猁，它们老老小小搀扶着过来赴宴，谁知咱白等了半天，一点影儿都没有……”

我长长地吐了一口气，咽下了口水。

老广掏出烟锅抽起来，实在让人着急。他抽了几口烟，笑眯眯地说：“后来我才明白过来，这场大宴就是为我准备的！”

外祖母抬起头，严肃地看着他。

老广磕打烟锅：“我记起来了，有一年一只老兔子折了一条后腿，我可怜它，就嚼了一些接骨草为它敷了，又用马兰替它包扎得严严实实……这是真的！我琢磨这只老兔子如今成了精，这是要报答我啊。那就别客气了，饭菜也快凉了。我坐在大树墩跟前，先向四周抱抱拳，然后就享用起来。哎呀，这酒太好了，第一回喝到这么好的酒。我整整喝了一壶……”

故事到这儿算是讲完了，老广要走了。他出门时将脚背在门槛上蹭了蹭，又重复一遍：“我整整喝了一壶。”

我怔着，还没等醒过神来，采药人已经走远了。外祖母说：“老广这个人啊，哪里都好，就是太能吹了！”

我没有反驳。我一直在想刚才的故事，觉得老广说的全是真的。他身上的酒气，还有他讲出的一个个场景，那都是编不出来的。再说他为什么要瞎说一些没影儿的事？就为了馋我和外祖母？这不太可能。

就从那一天开始，我到林子里玩耍的时候，会不知不觉地留意：想看到大树下的大木头墩子，看看上面有没有吃的东西。前前后后看到了好几个大木头墩子，可惜上面光光的，什么都没有。

林子里的野物太多了，它们每天忙忙碌碌，究竟在干什么，我们怎么也想不明白。它们大概除了找吃的东西，再就是打打闹闹，做一些游戏。它们在林子里做了哪些怪事，人是不知道的。不过它们肯定要一家人待在一起吧，一旦长时间离开爸爸，也会想念的。不同的是一只鸟儿不需要爬到高高的树上遥望，它有翅膀，很快就会飞到爸爸身边。

外祖母不让我去林子深处，说一个孩子不能走得太远，那里太危险了。她讲了几个吓人的故事，它们都发生在林子里。什么迷路、野物伤人、毒蜂、摘野果从高树上跌落……按她说的，我只能在茅屋旁不大的范围里活动，往北不得越过那幢废弃的泥屋十步。她指了指泥屋北面那几棵黑苍苍的大橡树，那就是我活动的边界。

不过，我如果做出一点让外祖母高兴的事情，就可以跑得稍远一些。比如在林子里采到蘑菇，拔到野葱野蒜，回家就会得到她的表扬，她也不问它们是从哪里搞到的。这样我就能越走越远，一直往北，把那几棵大橡树远远地抛在身后。

大橡树北面是一些柳树，我看到一只大鸟沉沉地压在枝丫上，好像一直在看着我，并不害怕，直到离它十几步远时，它才懒洋洋地飞走。不远处有什么在走动，蹄子踏动落叶的声音非常清晰：一会儿停下，一会儿又走，最后唰唰奔跑起来，跑远了。一群鸟儿在半空打旋，从我的头顶掠过。一只花喜鹊站在高高的响叶杨上对我喊："咔咔咳呀，咔咔沙沙！"喊过之后，七八只喜鹊一齐飞到了这棵树上，盯住我。

我想那只站在高处的花喜鹊一定在说："快看快看，看他是谁！"我迎着它们好奇的目光说："不认识吗？我就是南边茅屋里的！"

它们一声不吭，这样安静了一小会儿，就放声大笑起来。它们的粗嗓门可真难听："咔咔哈哈，咔咔哈哈！"它们笑我的愚笨：逗你呢，谁会不认识你呢？

我不太高兴，不再搭理它们，折向另一个方向。一只黄鼬从泡花树林里跳出来，直直站着看我，提着前爪，一双大眼睛水汪汪的。我和它对视，看呆了，惊得说不出话。这是我第一次这么近地看着黄鼬，这会儿正好有一团阳光落在它的身上，一张小脸金灿灿的，啊，它那么俊。

一只野兔被惊扰了，跑起来仿佛一支利箭，翘起的尾巴像一朵大花，摇动几下就不见了。老野鸡在远处发出咔咔啦咔咔啦的呼叫，可能正在炫耀什么宝物。

随着往北，林子越来越密，高大的树木中间是矮小的荆丛，还间杂着一些酸枣棵。通红的枣子闪着瓷亮，在绿叶中特别显眼，好像对我说：“还不摘咱一颗？”我摘了许多，又酸又甜。

直走得身上汗津津的，我才坐在一排枫树下。这里是洁净的白沙，除了一蓬莸草什么都没有。七星瓢虫在草秆上爬着，一直爬到梢头，然后犹豫着再干点什么。面前的白沙上有几个小酒杯似的沙窝，我知道这是一种叫“蚁蛳”的沙虫，沙窝就是它的家。我用小拇指甲一下下挑着沙子，嘴里咕哝：“天亮了，起床了，撅屁股，晒阳阳。”

蚁蛳被我惹烦了，最后很不情愿地出来了。它真胖。轻轻按一下它圆鼓鼓的肚子，肉囊囊的，感觉好极了。它举起两只大螯，那是用来捕蚂蚁的。

旁边响起沙啦啦的声音。我放下蚁蛳。几只小鸟在枝头蹿跳，小头颅光溜溜的，机灵地摆来摆去，那是柳莺。它们嘴里发出细碎的响声，就像有人不停地弹动指甲。不远处有一只四蹄动物走过，踩响了树叶，它可能看到了我，立刻停下不动。

我循着响声去看。啊，一只刺猬，有碗口那么大。它亮晶晶的眼睛瞟着我，一动不动。我走近它看着：好大的刺猬，周身洁净，每一根毛刺都闪闪发亮，紫黑色的鼻头湿漉漉的。我试着用一根树条将它驱赶到白沙上，可它绝不移动，很快变成了一个大刺球。我推拥刺球让它滚动，滚到白沙上。太阳晒着它，几分钟后它终于一点点展放身体，昂头看着。我想和它说点什么，离它更近了，甚至看清它长了一溜金色的眼睫毛。

如果不是后来发生了一件事，我会和这只刺猬再玩一会儿。我想找来一点东西喂它，琢磨它会喜欢什么，正想着，一群灰喜鹊呼啦啦从远处飞来，紧接着又有几只野鸽子扑到了身边的枫树上。

我转过身，立刻看到一只大鹰出现在半空，像一个小风筝。

我迎着它呼喊：“坏东西，离远点！不准过来！”我伸出拳头威吓。它一点都不在乎，竟然迎着我缓缓地下降。我继续呼喊。大鹰在离地十几米远时，狠狠地盯了我一眼，升到了空中。它终于向另一个方向飞走了。

我那会儿记住了鹰的眼神：又尖又冷，像锥子一样。

我身上的汗水流下来。转身看枫树上的鸟儿，它们在枝丫上跳跃，轻松了许多。我很高兴，不过觉得有点饿了，于是又想到了采药人老广的故事：林子里突然出现了一桌酒宴……

真可惜，这种神奇的好事今天大概遇不到了。

往回走的时候，一路饱尝了野枣和野葡萄，还在合欢树旁发现了野草莓……回到茅屋时天已经黑了，外祖母不想理我。她端着一笸箩干菜。这些干菜会放在泥碗里，掺上小干鱼蒸熟，同时锅里一定会有喷香的玉米饼。我追着外祖母说：

“我在林子里转，你猜遇到了什么？”

“遇到了什么？”

我伸手比画：“一桌酒席，真的，就摆在几棵大枫树下。好吃的东西可真多，还有一壶老酒……”

她看着我鼓鼓的肚子，脸上有了笑容。不过她才不会相信，说：“这种事不会让你碰到。”

“为什么？”

“因为，”外祖母放下手里的东西，抚摸着我的头发说：“孩子，你为野物做了什么好事？它们为什么要给你摆宴？”

我答不上来，脸有些发烫……是的，我心里明白，这样的酒宴自己还不配享用。

滩主

按照那些老人的说法，每个地方都是被一只野物给管住的，也就是说，到处都是有主的。一片林子，一个村子，甚至是一条河或一道沙冈，都有什么在明明暗暗地看管。每个村子都会有一个头儿，这是大家都知道的；可是那些在暗处活动的野物也有头儿，这大概是有些人怎么也想不到的。

壮壮的爷爷说，我们这片无边的林子就由一个老妖婆管住，她是整个海滩的主人，所有野物都听她的，那叫说一不二。“我们人也要听她的？”我不信。他点头：“多少总要听听的。”我说：“我听外祖母的。”老爷爷还是点头：“那也成。不过她有时也要听老妖婆的。”

我回家问外祖母，她说：“他和老广两个人就愿吓唬人，逗小孩玩儿，说得像真的一样。从来没人告诉我该做什么不该做什么，比如今天我想去林子里捡柴，就会去；明天要蒸玉米饼了，也会蒸。”我想了想，问：“如果真有一个老妖婆，你敢招惹她吗？”外祖母说：“咱招惹她干什么？咱过自己的日子！”

这番话并没有解除我的疑惑。我和壮壮还是信老爷爷的话：真的有什么在暗中管住一切，具体到一条河、一片林子，都是有主的。采药人老广对此更是深信不疑，他说：“哪有没主的地方？真要那样，一切还不乱了套？林子里的人哪有不知道这个的！”我问：“东边的水渠谁来管？”“过去是一条瘸脚老獾，现在就不知道了。”“西边那片老槐林呢？”“传说是一头野猪。”“你们村子呢？”老广鼻子哼了一声：“传说是一只刺猬。”我笑了：“村子肯定是人来管，刺猬懂什么！”老广的大嘴撇着：“你小孩子家就不明白了！人能管住暗中的野物？他有这个威信？”

我想着刺猬害羞的模样，认为老广说的也许有道理：人总是喜欢办事稳妥一点的，大概野物也不例外。它平时待在草垛里，夜晚就出来办野物的事情。有些事情真的不是人能解决的。我想起了林子深处的那个老妖婆，就问老广。老广一下下点头，并不否认她的权威和本事，但也有自己的看法。

“她年纪太大了，整个海滩多少事啊，她一准顾不过来，能管好那片老林子就算不错了。各处都有自己的头儿，那叫‘滩主’，狼、狐狸、花面狸、狗獾，都有自己的地盘。老鹰也不是省油的灯，它天上地上都管，一个猛子扎下来，谁都害怕。”

我点点头：“真是这样！”

“所以说，林子里的事最好交给野物去办，人不能仗着有几支枪就狂得不成样子，这要倒霉的。等有工夫，我给你讲讲村里人倒霉的事，那都是眼前发生的，不是瞎编的。”

我请他现在就说来听听，他吸着烟：“以后吧，一会儿哪里说得完。”“说一个也成。”我央求了好几遍，又把他嘴里的烟斗拔出来。

“俺村的头儿脾气大，动不动就揍人。他有一回走在村边，见柳树里有几个黄鼬在玩，就骂着扔石头去砸。结果几天以后他老婆痴了，又叫又骂，对村头儿不依不饶，说的都是黄鼬的话。还有一次他捉了一只狐狸小崽，半夜里狐狸妈妈伏到窗户上哀求，他不光不放小崽，还用暗网捉住了母狐。谁知两天过去，一些野物把他田里的庄稼全糟蹋了，还跳上屋顶揭瓦，往屋里哗哗撒尿……”

我大笑起来。

老广朝一旁使个眼色："人和野物是两股道上跑的车，走的不是一条路。人帮它，它就帮人。比如大林子，给咱这么多药材，还有蘑菇和果子，咱离开大林子可不行。"

我从心里同意他的话，不过我想得最多的还是管住一方的"滩主"，认为它们一般都是凶猛的家伙，比如老鹰、大熊和狼，再不就是心眼儿多的家伙，比如狐狸。我说出了这个看法，老广摇摇头。

"那只是一方面，还有个威信的问题。小刺猬有多大本事？可它仗着勤快、忠诚和老实，照样能管住一个村子。天黑下来，野物就在街头巷尾、柴火垛那儿忙起来，蛇、老猫、狸鼠、小黄鼬，一个个都蹿来了。这时候人和孩子都在炕上睡觉呢，一个村子就交给了野物。有人半夜借着月光往窗外看，见到街道上好热闹，才知道它们一点都闲不下来。野猫在屋顶嗷嗷叫，吵嘴打架，大脸鸟呼啦啦从这棵树飞到那棵树，小狐狸轻手轻脚钻进巷子，个个都忙得很。所以说它们当中也需要一个野物管事儿，上传下达……"

"'上传下达'是什么意思？"

"就是有事报告上面的野物，还要把一些要紧事儿告诉村里的野物。"

我似乎明白了：林子里的老妖婆要管很多事，只要她高兴管，这边的村子也在她的范围之内。村子里需要被提醒的事也有很多：东北转过来一只老熊，东边飞来一只大鵟，这些都得给大家提个醒。我有些不解的是，村里人饲养的鸡鸭鹅狗，还有猫和鸽子，它们听不听刺猬的话？我觉得这是一个必须弄清的问题。老广说：

“它们听主人的，也听刺猬的。一句话，它们受‘双重领导’。”

我们接下去又讨论了一些更具体的事，比如离我们家不远的那个小果园，它由谁来管？老广说可能是一只兔子。“我们家四周又是谁管？我想那会是一个厉害的角色。”老广看看我，眯着眼说：

“你们有一座茅屋，你外祖母对林子太熟了，还有你，都不好糊弄。所以管那一带的‘滩主’前后换了几个，一开始是瘸腿老獾，后来是一条狼，再后来又是猫头鹰。它们都没有干好，最后也就换了一个小不点儿的家伙，小黄鼬。”

“啊，我不信。就是一只兔子、一只银狐也比它强啊。胡编。”

老广哼着，腰弓得像一个老人：“你瞧不起小黄鼬就错了。谁比它更机灵、更勤快？它平时东瞅瞅西看看，腿脚麻利，小半天就能把一大片林子巡逻一遍。它对人对物都讲礼貌，见了人就站起来作揖。它是靠本事才谋到这个位置的，不是靠蛮力。小黄鼬在这个差事上干了好几年，干得正经不错。你们家四周这些年也没发生什么大案吧？”

我认真想了想，觉得也对，这么多年来我们家四周总算太平。不过我想到了小泥屋那儿：一到夜里就聚起一伙野物，它们闹得厉害，有时真的吓人；我特别想起了一个夜晚，那一次好像碰到一个大黑家伙，它在小屋里慢腾腾地走，要多吓人有多吓人……我最后说出了这件事。

老广翻翻白眼：“出大事了？”

“倒不算什么大事。不过有个大型野物，总是危险啊！”

“真要危险，那个小黄鼬，也就是‘滩主’，一定会设法告诉你们家的。它天天跑来跑去，什么不知道？它暗中办的好事太多了，为这么多鸟儿虫儿和四蹄动物操心，还要照顾好你们一家，多么辛苦！依我看你得为它做点什么才是……”他咂着嘴，声音低下来。

我觉得老广是个经多见广的人，他的话总有道理。我问：“做点什么？”

“给它一些吃物，比如鱼啊肉啊，放在墙头和后院，它走过来就有东西吃了。你们家养鸡没有？”

“当然养了。”

老广笑笑：“小黄鼬没有吃它们吧？我得告诉你，它是最喜欢吃鸡的，就因为当了‘滩主’，要带头办好事儿，只好忍着。它不光自己不伤害鸡，还得管住所有想吃鸡的野物，就凭这一点，你问问外祖母，是不是该好好感谢小黄鼬？”

我不作声了。他说得真有道理。

老广的话给了我很多启发。我更相信他的话了。我后来把他的话告诉了外祖母，说我们这一带的“滩主”是一只小黄鼬，她笑着，一边忙着一边说：“这个老广啊！”

不知道外祖母是什么意思。我说：“老广懂得可真多。”她说：“他懂得多，以后就做所有野物的头儿吧，那样它们就更听话了。”“小黄鼬真的是‘滩主’吗？”“是不是，我都喜欢小黄鼬。”

我经常拿一点好吃的东西放在房前屋后。几天之后这些东西就不见了。我发现一只小黄鼬从屋后匆匆跑过，就跟上走了很久。它穿过橡树和杨树，爬到高处的楝树向西遥望，下来以后又往北走去。这时它的步子稍稍放慢了，一边走一边嗅着，有时还站下来，细细地研究地上的痕迹。它抬头注视四周，已经顾不得看我，目光十分专注。显而易见，它在想一些事。它为所有的事情操心。

不远处有什么发出嘎呀一声，小黄鼬不再耽搁，飞快地往那儿跑去了，一转眼就消失在绿蓬蓬的草叶中。

几天来我一直留心屋子四周。从一早到黄昏，我已经看到了四次小黄鼬。它差不多一直在急匆匆地奔走，颠着碎步，有时简直一路小跑，从这一端到那一端。我注意到，它往东从不越过那条水渠，因为那是瘸腿老獾的地盘。它往南大约只跑到一片榔榆那儿，那里有一条细细的小路，到了小路那儿就折头向西了。往西总要跑到很远，一直跑上好几里路，到了几棵石楠下才会止步。往北要越过小泥屋，在小泥屋四周停留很长时间。是的，这儿发生过非常复杂的事情，这一点它大概十分清楚。

有一次我一直跟在它的后面，走到了小泥屋旁边。它没看任何方向，而是迎着小窗走去，轻轻一跃跳上窗台，往里看了几眼，然后钻进去。

当时是半下午时分，阳光还好，屋里不会有太多野物。我想它一定是像我一样，正蹲下来细细辨认地上的痕迹，比如鸟爪和其他蹄印，这样就能掌握所有来客的消息。自从经历了那个吓人的夜晚，我来小泥屋的次数少多了，天色一晚更要远远躲开。

小黄鼬大约在泥屋里待了十几分钟，才从里面走出。它继续往北，步子比刚才轻松多了。在它稍稍停留的一刻，我大着步子走到跟前。它当时正在思考什么，被我弄出的声音吓了一跳，身子一抖，但很快安静下来。它的小脸圆圆的，嘴巴发青，一双眼睛亮晶晶的。这双眼睛由惊讶变为友善，我相信它认出了我。当然，以它的身份来说，茅屋和泥屋以及主人，它都是一清二楚的。

“小黄鼬，让我做你的朋友吧，我也想帮你做点什么。你一天到晚太辛苦了，也许它们还不能理解你……我知道你负有很大的责任……”

在我这样讲时，小黄鼬站起，两只前爪提得很高，脖子伸长了看过来。它的这个姿势真是让人惊讶。这时，我看到林隙里投进的一束阳光正好照在它的脸上，那双眼睛闪着碧蓝的天空的颜色，胡须是青色的，很短，很齐整。它看着我，神情专注，一看就明白它要好好倾听了。大概它这一辈子，还很少有人这么认真地与它说过话。

“也许我说得不对，但是，”我尽可能放低了声音，以显得慎重：“我只是把自己亲眼看到的向你做个介绍，你就明白该怎么办了。我们小泥屋白天没什么，你也看到了，没什么。天一黑就有了各种野物，鸟儿吓得缩在屋角和梁上。最凶的是豹猫，不过还有暗中的一个大家伙。那一天……”

小黄鼬伏在地上，两爪伸向前方，听得更加认真。我咽一口唾沫，说下去——

“天太黑了，我看不清，不过我敢肯定屋里有个很大的家伙，它走得很慢，摇晃一下就不见了。以前，外祖母说那是很早以前的事了，从外地来了一只老熊，来找自己的孩子。不过老熊早就离开了。所以这事很怪，也许老熊又转回来了……”

小黄鼬收回前爪看着我。它听完了。这样待了一会儿，它站起来，低头看看沙子，看看小草，抬头望向远处。风吹着它的头顶，有一撮毛儿被撩了起来。它一步步走去，走了十几步又回过头，重重地看了我一眼，跑开了。

我想，小黄鼬完全听懂了我的话，而且记在了心里。

发海之夜

记忆中，有一件事情一直让我惧怕。

这事总是发生在午夜，是一天里最安静的时刻。到了这个时候，它会将我从梦中一下惊醒：一种细碎的、均匀的水的声音响起来，越来越大，越来越大，好像大水已经涨到很高，从北面一路向南淹过来。

因为是很大的、无边无际的水，所以这种淹没几乎没有尖厉刺耳的声音，似乎是在谁都没有察觉的时刻发生的。也正是这样，它才可怕到极点：危难突然逼到了近前。从远处传来的奇怪响声让我一下跳起来，我预料会有无法阻挡的大水漫过来，所有的林子、土地，一切全都被大水压在下边。

我胆战心惊，再也不敢睡去。整个世界都是涨水的声音，是隐藏和伪装过的那种沸腾声，这样大却又这样隐蔽。一切都来不及了，因为到处都是它在响，任何鸟鸣和野物尖叫都压不过它。我听着，听着，眼看就要吓得逃出屋子。我心跳得厉害，因为知道这会儿无论跑多快，都无法逃脱，就连跑得最快的兔子也不行。我没有破门而逃，只紧紧搂住了外祖母。

“孩子，做噩梦了？”她安慰，“不要紧，我在这儿，没事。”我身上颤抖：“你听，你听！”她侧耳听着：“没有什么啊，怎么了？”我只好逼真地模仿那种声音，“呜呜，呜呜，呜呜啊啊……”我要模仿那种最平稳最巨大、隐隐的悄悄的声音，但学不像。

外祖母静静地听了一会儿，终于明白了，说：“噢，是‘发海’！孩子，这是‘发海’的声音。”她弄明白了是怎么一回事，也就不再惊奇了，拍打我，想让我重新躺下睡觉。可我的惊惧才刚刚开始，问：“什么是‘发海’？”她抿抿嘴，看看黑乎乎的窗子说：“就是‘发海’，海在响，它有时候就这样响，至少要响两三天。”

“是大风吹的吗？可外面的风一点都不大！”

“不是。‘发海’的日子是没风没浪的。这响声大概是从海底、从更远的什么地方传过来的。也不是涨潮，涨潮没有这么响。”外祖母语气十分肯定，看来她很早以前就知道了这事儿，已经习以为常了。

我不相信此时此刻的大海会是平静的。我想到的是海上一定在刮大风暴，成排的大浪轰轰地拍打海岸。我说：“我真害怕它今夜要淹过来，它好像正在往我们这儿赶，你听……”

“不会的孩子，我说过了，这是‘发海’。”

“‘发海’是怎么回事？”

外祖母十分为难地看看漆黑的夜色，又看看我：“我也问过打鱼的人、上了年纪的人。他们说有时在离海很远的地方听到‘发海’声，还以为海上一定是起了大风大浪，谁知赶到跟前一看，它安安静静的。”

“那一定是大风停了……”

“不，没有大风。再说只要海里起了大浪，大风停下很长时间那浪也照样拍打。这说明没有大风，那声音也不是大浪发出来的。最奇怪的是人越是靠近大海，听到的声音就越小，到了跟前，它连一点声音都没了。”

我一声不吭地看着外祖母。她当然不会骗我。这事真是怪极了。我又问：“只有夜里才会‘发海’吗？”她摇摇头：“不，白天也会。不过白天太嘈杂了，人静不下来，也就没人在意这个。”

外祖母对这件怪事只说了这么多，更多的谜还藏在那儿。所以我后来再次听到那种声音，虽然不再有立刻逃开的念头，也还是惊恐害怕。我仍然要坐起来倾听，听得清清楚楚：大水正在涨起来、涨起来，随时都可能淹没一切……

我终于注意到，如果夜里响起了‘发海’声，那么就一定会延续整整一个白天，或再加一个晚上。在这样的日子里，我为了捕捉那种无所不在却又十分隐蔽的声音，总是格外留意。可惜那些日子里我无法直接跑到大海跟前，无法证实外祖母的话。在内心里，我多么盼望这一天能够早早到来啊。

我和壮壮在一起的夜晚，曾经又一次遇到了“发海”。在我的提醒下，他也听到了这种奇怪的声音。到了白天，我们一起到林子里，那种声音就一点点弱下来，不过只要安静一会儿，又能一丝不差地捕捉到。这时如果不是老林子在阻挡，我们一定会一口气跑到大海跟前。

终于到了上学的日子，总算被应允去看大海了。

因为第一次见到大海高兴得忘了一切，也忘了“发海”的事情。我们那个夏天在渔铺里住了一个星期，最后是被渔把头押走的：让一个回村的打鱼人把我们带走。我们一开始赖着不动，后来他发出威胁，说如果不听话，那就再也别来海上了。

整个夏天最让人迷恋的是游泳，其次是喝鱼汤和听故事。那些看渔铺的老人讲的好故事一辈子都忘不掉，随便拿出一个，都会让灯影的老师和同学听得发蒙。我们最担心的是大辫子老师知道我们下海的事，她一定会报告校长，那还不知要惹出多大的麻烦。

那个假期太棒了，那样的日子如果一直过下去多好。

我们试着到水渠里游过泳，一跳到里面就觉得比大海差多了。不过到渠边的草须中逮鱼，也有点意思。有一次我踩在了一只大鳖身上，吓了一跳。一条鳝鱼被壮壮当成了蛇，当时他的脸都白了。小北经过了半个夏天，两条腿已经能够站稳。我们给壮壮老爷爷讲了一些海上的事情，老人说："打鱼的可不是什么好东西。"小北立刻不高兴了。老人瞥瞥他，又说："渔把头还算好人。"

我们特别对老人提到了那个惊险的时刻：看渔铺的老人长了一只多毛的獾手，他把我们当中的一个差点给害死。"咯吱，咯吱，让人笑、笑，最后笑绝了气！"壮壮说。"那人会下五子棋！"老人说。我惊呆了："你什么都知道啊？"老人点头："我打年轻时就认识他。这人离不开酒，酒量不大，外号'老狗獾'！"

我问："他说自己年轻时能从海边游到岛上，这是真的吗？”

“这事不假。打鱼人水性好的多了，能游到岛上的也有。那是个无人岛，船遇到大风能上去避难。听说岛上有不少野猫。”老人摸摸走近的花斑狗，“没有一条狗，那些猫就缺少管教。”

这个夜晚我们宿在了大炕上。这是一个月亮天，没有风，有些热。直到半夜我们还没睡，因为有一个什么野物从林子蹿到了园子里，花斑狗又叫又咬，终于把大家吵起来。老人提着桅灯出门，大声骂着。我们跑出去，这才看到花斑狗的脸上有两道血痕。老人说：“肯定是一只獾！那家伙的爪子有劲儿！”

下半夜刚睡着，又被一个噩梦惊醒：一只老熊在拍打窗子。我猛地坐起，身上的汗哗哗流下来。我坐着出神，突然听到了一种声音：呜呜，呜呜啊啊……“啊，‘发海’了！”我猛地跳起来，喊道。

我们三个都被我弄醒了。坐起来听。老爷爷也起来了，搓搓眼看着我们：“又怎么了？”壮壮指指北边：“听！”老人歪着头听听：“哪有什么？”“再听！”壮壮说。老人闭上了眼，这样过了几分钟，叹一声：“发海！”

老人说过那两个字就想躺下睡觉，我们就一块儿缠他。“这太吓人了，海水说不定什么时候就能漫过来！”我说。老人身子倚在墙上：“这倒不会。”壮壮问：“好生生的大海，怎么就响起来了？”“那还用问，海里起了大浪呗！”老人说着去枕边摸烟锅。

我看看壮壮和小北，他们一脸迷惑。我真想告诉老人：如果不是你错了，就是外祖母错了，还有那些打鱼的人，他们全错了！我忍不住说：“不，‘发海’时海里一点风浪都没有！真是这样……”

老人有些烦，翘着胡子：“没有大浪，这声音是怎么来的？”

我说：“怪就怪在这里！看看外面，一点风都没有……”

大家不由得去看窗外：静静的，树梢都不动一下，月光像水。老人转着脖子，像发痒，咕哝：“岸上没有风，海里也会有，这是两码事。这时候去海上看看，那里一准像开了锅……”我不作声。我们谁都没有在这样的夜晚跑到海边看过，所以无法反驳。我急坏了，我觉得再也不能等待。我说反正再也睡不着，咱们现在就去看看大海好了，沿着“赶牛道”……“我愿意打赌！”我看着老人说。

“你赌什么？”老人一下来了兴致。

“我赌海里这会儿没有风浪！”

老人哼哼着：“我是问你输了怎么办？”说着又要躺下，看来根本不想在半夜出门。壮壮和小北摇动他。壮壮嚷着：“咱们去啊，去啊！”我突然想到了外祖母装满了蒲根酒的坛子，大声说：“我如果输了，就把家里的酒坛抱过来！”

老人绷着嘴看看大家：“这可是全都听见了的！那坛酒看来是跑不掉了！”他真的下炕摘下那支长筒枪，又提起桅灯，嘴里哼着：“我们疯了，半夜走‘赶牛道’，打赌，嘿嘿，疯了！”

小泥屋的门锁上后，老人开始叮嘱花斑狗好好护家。还好，没有任何人要留在这儿。大家摩拳擦掌，恨不得一步跨到海边。临出小院前壮壮提到了一个顶要紧的事儿：“爷爷，你要输了怎么办？”老人猛地一拍脑瓜：

“白天吃大馍、芋头，晚上吃腊肉，葡萄和金丝蜜瓜尽管吃！”

大家高兴得拍手跺脚。

夜晚的“赶牛道”原来一点都不吓人，水里的莎草和蒲苇在月光下散发出一种香味儿，有什么在中间哜哜咕咕叫着。老人背着枪走在前头，顾不得理睬。天上星星稀疏，天空是紫色的。一只上了年纪的鸟儿在西北方叫了两声，接着是近处的两声咳嗽。老人说咳嗽的是刺猬："这家伙咳起来就像个老头儿，像我。"

我们一路话很少。为了快些，我和壮壮有几次背起了小北。穿过又高又密的林带，再走一会儿就能望见大海了。多么奇怪，大约刚走了半程，那种无处不在的"发海"声竟然越来越小，最后差不多完全消失了。也就是这个原因吧，前边的老人大概察觉了自己有输掉的危险，步子一下加快了。

大海就在前边，它就像突然逼近了似的。

一片银亮的沙岸在前边闪烁，上方就是泛着光斑的大水，更上边是悬起的星星。我们站了一瞬，嘴巴都合不拢。天哪，这儿多静啊，眼前看不到一朵浪花……渔铺黑乎乎的，它的东南边是打鱼人住的一排小屋。

可能担心吵醒打鱼人吧，我们跟在老人身边，轻手轻脚地往前。大海在安睡，它在月光下像害羞一样。"可是那'发海'的声音从哪儿来？"我心里泛起一个大大的问号，相信所有人此刻都像我一样。大家一动不动地站在海边。

我们不吭一声，默默站着。我特别注意地看看一旁的老人：他身子笔直，肩上的枪竖着，很像一个老兵。

正在这时，我听到了身后响起了嚓嚓声，刚要回头，一个黑影飞快上前，两手猛地抹住了背枪的老人。原来是看渔铺的那个老头，他屏着气，嘴里发出恶狠狠的低声：“好啊，是你这个反叛！”两个老人交手，很快松开，笑了。

“到底怎么回事，嗯？渔把头老七知道了会给你几巴掌的！”看渔铺的老头再次变得恶声恶气。

老爷爷把枪耸了耸，为难地瞥瞥我们说：“今夜又‘发海’了，从远处听着吓人……怎么来到跟前就没有大浪呢？我们是来打赌的……”

看渔铺的老头目光转向大海，像自言自语：“我也不知道。谁都不知道。也许是大水最里边有动静……不知道，它从老辈起就这样嘛。”

两个老人一脸迷惑地看着夜晚的大海。

壮壮和小北的鼻子里发出蓬蓬声。这时我也嗅到了从渔铺旁飘来的气味：鱼汤。

名家点评

《我的原野盛宴》是从“融入野地”到“回归原野”的返璞归真式的写作。因为童年还没有形成对于世界的经验，充满了生气、好奇和可塑性，作者用这个视角来观察海边乡土的风土事物，让赤子之心在原野上恣意生长。“我”探索未知的天地，与树木、林草、鸟兽、虫鱼、同龄的好友一起成长，接受外祖母最初的爱与和谐的启蒙。这既是知识的积累，也是情操与德行的教育。有意义的文学，不仅要呈现出实然的世界，更应该想象一种应然的世界，那种光洁顺滑的童年显然是一种心造的类似“希腊小庙”式的东西，但它是试图在应然的意义上成为一种“精神的食粮”，从而有益于世道人心，夯实生存的基本精神信念，矫正精神的匮乏与畸曲，提升认知的深度与精神的高度。从这个意义上来说，这部作品勘探了一条试图重新回到文学原初单纯的通道，在当下的文学生态中有其独特的价值。

刘大先

中国社会科学院副研究员，《民族文学与研究》副主编，文学评论家

张炜所艰辛跋涉的四十多年的文学长旅，证明他几乎可堪称为技术理性至上境遇里的一位汉语的保护主义者，一位语言的生态主义者。他始终致力于发现和创造汉语之美，不断探寻语言与世界、文学的本质关系，新近出版的这部非虚构作品更是印证了他灼热的心跳从未离开汉语的根部，那是大地、原野、海洋、树林、野物、人……共生共存的真实而神秘的世界，在无尽无垠的天籁下，万物如初，日月如新。或许，语言观在张炜这里即世界观、文学观。他近乎虔诚地做着自己的文学功课，宗教徒般地敬畏着一字一词，敬畏着大爱无言的世界。这部作品的语言似乎有一种独特的魔力和灵性，像能携着林中的风、卷着海边的浪一起吹拂而来、涌动而来，无论是大声诵读，还是轻声默念皆可得其中之妙。

山东师范大学文学院教授，文学评论家　顾广梅

附录

张炜作品创作大事记年表

1973 年 6 月，在龙口完成第一篇短篇小说《木头车》，后收入小说集《他的琴》。

1975 年，在山东人民出版社出版的一本书中发表长诗《访司号员》。

1980 年 3 月，短篇小说处女作《达达媳妇》在《山东文学》第 3 期发表。

1980 年 6 月，毕业于烟台师专（现为鲁东大学），分配至山东省档案局（馆）工作。

1980 年 9 月，短篇小说《操心的父亲》在《上海文学》第 9 期发表。

1982 年 3 月，山东省作协举办“张炜短篇小说讨论会”。

1982 年 5 月，短篇小说《声音》在《山东文学》第 5 期发表，《新华文摘》1983 年第 5 期转载。

1983 年 2 月，短篇小说《声音》荣获中国作家协会评选的 1982 年全国优秀短篇小说奖。

1983 年 10 月，首部短篇小说集《芦青河告诉我》由山东人民出版社出版。

1984 年 5 月，短篇小说《拉拉谷》获 1982—1983 年首届《青年文学》创作奖。

1984 年 7 月，调入山东省文联从事专业创作。

1984 年 7 月，短篇小说《一潭清水》在《人民文学》第 7 期发表，《新华文摘》1985 年第 4 期选载。

1984 年 10 月，中篇小说《秋天的思索》在《青年文学》第 10 期发表。

1985 年 2 月，短篇小说《一潭清水》被中国作家协会评选为 1984 年全国优秀短篇小说。

1985 年 8 月，中篇小说《秋天的愤怒》在《当代》第 4 期发表，《新华文摘》1986 年第 2 期、《中篇小说选刊》1986 年第 3 期选载。

1986 年 10 月，长篇小说《古船》在《当代》第 5 期发表。

1986 年 11 月，山东省委宣传部、省作协、省文学研究所、省文学创作室、《文学评论家》等单位联合举办“《古船》讨论会”。

1986 年 11 月，人民文学出版社举办“《古船》讨论会”。

1986 年 12 月，小说集《秋天的愤怒》由人民文学出版社出版。

1987 年 8 月，长篇小说《古船》由人民文学出版社出版。

1987 年 11 月，到山东烟台龙口市挂职，任副市长。

1988 年 4 月，任山东省作家协会副主席。

1989 年，任山东省徐福文化研究会副会长。

1990 年 9 月，早期作品短篇小说集《他的琴》由明天出版社出版。

1992 年 5 月，长篇小说《九月寓言》在《收获》第 3 期发表。

1992 年 12 月，获中国作家协会、中华文化基金会 1992 年度庄重文文学奖。

1993 年 1 月，散文《融入野地》在《上海文学》第 1 期发表。

1993 年 5 月，长篇小说《九月寓言》由上海文艺出版社出版。

1993 年 8 月，五卷本《张炜名篇精选》由山东友谊出版社出版。

1993 年 10 月 4—18 日，山东大学、山东师范大学、烟台大学、烟台师范学院联合举办“张炜文学周”。

1993 年 11 月，担任中国国际徐福文化交流协会副会长。

1993 年 11 月，长篇小说《九月寓言》由香港天地图书有限公司出版。

1995 年 4 月，“新人文精神讨论”在全国激烈展开，张炜与张承志并称为“二张”，其观点备受瞩目和争议。

1996 年 2 月，六卷本《张炜自选集》由作家出版社出版。

1996 年 7 月，长诗《皈依之路》分上下篇在《上海文学》《青年文学》第 7 期发表。

1997 年 10 月，六卷本《张炜文集》由上海文艺出版社出版。

1998 年 4 月，长篇小说《九月寓言》（修订本）获中国作家协会、新闻出版署颁发的全国优秀长篇小说奖。

1998 年，《张炜小说选》英文版由美国 Bleu Diamond 出版社出版。

1999 年 3 月，长篇小说《古船》由法国文化科学中心确定为法国高等教育考试教材。

1999 年，长篇小说《古船》英文版（节本）由美国 Walt Whitman 出版社出版。

1999 年，散文随笔集《心仪》、中短篇小说集《逝去的人和岁月》法文版由法国 Blen de Chine 出版社出版。

2000 年 7 月，长篇小说《古船》列入“百年百种优秀中国文学图书”由人民文学出版社出版。

2000 年 10 月，长篇小说《外省书》由作家出版社出版。

2000 年 10 月，长篇小说《古船》《九月寓言》入选北京大学评选的百年中国文学经典。

2000 年 10 月，在上海社科院、《文学报》举办的“全国百名评论家评选九十年代最具影响力十作家十作品”活动中，张炜和《九月寓言》双双入选。

2000 年，《张炜小说选》法文版由法国 Bleu de Chine 出版社出版。

2001 年 10 月，长篇小说《能不忆蜀葵》列入“中国当代作家文库”由作家出版社出版。

2001 年 11 月，长篇小说《能不忆蜀葵》在《当代》第 6 期发表。

2001年，《张炜诗选》法文版由法国 Poetiques Chinoises Daujourdhui 出版社出版。

2001年，长篇小说《九月寓言》和中篇小说《蘑菇七种》的英文版由美国 Homa Sekey Books 出版公司出版。

2002年10月，当选山东省作协主席。

2002年12月，亲自筹划并参与建设的国内第一座现代书院万松浦书院在龙口建成，任院长。

2002年，长篇小说《古船》在日本《螺旋》杂志第2期开始连载，直至2004年第5期。

2003年4月，长篇小说《丑行或浪漫》在《大家》第2期发表。

2004年11月，山东省档案馆举行仪式，接受张炜捐献的部分手稿、著作版本等资料，建立“名人档案室·张炜”。

2005年3月，长篇小说《丑行或浪漫》由云南人民出版社出版。

2005年9月，赴英格兰参加国际诗歌节，顺访伦敦大学，参加诗歌朗诵会。

2006年11月，在北京参加中国作家协会第七次全国代表大会并当选为主席团委员。

2007年1月，在《当代》第1期发表长篇小说《刺猬歌》。

2007年3月，率“山东省作家艺术家南美文化考察团”赴古巴、阿根廷、哥伦比亚进行文化考察。

2007年，《古船》英文欧洲版由美国 Harper Perennial 出版社出版；《九月寓言》日文版由日本流彩出版社出版。

2008 年，《古船》美洲版由美国 Harper Perennial 出版社出版。

2008 年，短篇小说《东莱五记》入选“中国小说学会 2008 年度中国小说排行榜”。

2009 年 8 月，山东省作协第六次代表大会在济南召开，当选为主席。

2009 年，散文集《芳心似火》韩文版由韩国 Book Pot 出版社出版。

2010 年 3 月，十卷本长篇小说《你在高原》在作家出版社出版并在北京召开新书发布会。

2010 年 3—6 月，受邀担任香港浸会大学驻校作家，主持“小说坊”，讲授小说写作。

2010 年 9 月，与王蒙、张抗抗、陈晓明等在美国哈佛大学亚洲中心参加第二届中美文学论坛——“新世纪、新文学：中美作家与评论家的对话”，并作题为《午夜来獾》的演讲。

2011 年 1 月，长篇小说《你在高原》荣居香港《亚洲周刊》评选的“2010 年全球华文十大小说”榜首。

2011 年 5 月，获 2010 年度《南方都市报》主办的第九届华语文学传媒大奖杰出作家奖。

2011 年 8 月，长篇小说《你在高原》在第八届茅盾文学奖评选中荣登榜首。

2011 年 11 月，在北京参加中国作家协会第八次全国代表大会，并当选主席团委员。

2011 年，《童年》法文版由法国 Veronique Meunier 出版社出版。

2012 年，《张炜及其作品》英文版由美国 Paper Republic 出版社出版。

2013 年，《古船》瑞典文版由瑞典 Jinring 出版社出版；《九月寓言》瑞典文版由瑞典 Jinring 出版社出版；《张炜小说选》英文版由加拿大 Royal Collins 出版社出版。

2014 年 6 月，在《诗刊》发表长诗《归旅记》。

2014 年 9 月，长篇儿童小说《少年与海》获全国第十三届精神文明建设“五个一工程”优秀作品奖（2012—2014）。

2014 年 11 月，由山东省档案馆主办，山东省文艺评论家协会、山东省新华书店协办的“张炜创作四十年研讨会暨手稿、版本展”系列活动在山东省档案馆举行。

2014 年，入选山东省首批“齐鲁文化名家”。

2014 年 11 月，四十八卷本《张炜文集》由作家出版社出版。

2014 年，《古船》法文版由法国 Roman Seuil 出版社出版；《丑行或浪漫》瑞典文版由瑞典 Jinring 出版社出版；《蘑菇七种》塞尔维亚文版由塞尔维亚 Geopoetika 出版社出版。

2015 年，《古船》西班牙文版由加拿大 Royal Collins 出版社出版。

2015 年，长篇小说《寻找鱼王》入选中国图书评论学会评选的

“2015 中国好书”。

2016 年 1 月，古典文学随笔《陶渊明的遗产》由中华书局出版。

2016 年 3 月，十六卷插图珍藏版《张炜文存》由山东教育出版社出版。

2016 年 5 月，长篇小说《独药师》在《人民文学》第 5 期发表。随后，《独药师》单行本由人民文学出版社出版。

2016 年 12 月，中国作家协会举行第九次全国代表大会，张炜当选副主席。

2017 年 1 月 6 日，由长篇小说杂志社举办的首届“中国长篇小说年度金榜”揭晓，《独药师》获 2016 年“年度金榜”。

2017 年 8 月，长篇小说《寻找鱼王》荣获第十届全国优秀儿童文学奖。

2018 年 1 月，长篇小说《艾约堡秘史》在《当代》2018 年第 1 期发表，同时由湖南文学出版社出版单行本。

2019 年 5 月，北京师范大学国际写作中心举办“精神高原上的诗与思——北京师范大学驻校作家张炜入校仪式暨创作四十年学术研讨会”。

2019 年 6 月，长篇小说《艾约堡秘史》获第三届京东文学奖。

2019 年 8 月，“张炜与中国当代文学”学术研讨会在长春举行。

2019 年 9 月，上海交通大学外国语学院举办张炜作品国际学术研讨会。

2019 年 9 月，长篇小说《九月寓言》入选学习出版社、人民文学出版社等十家出版单位联合推出的“新中国70年70部长篇小说典藏”丛书。

2020 年 1 月，非虚构长篇小说《我的原野盛宴》由人民文学出版社出版。

2020 年 6 月，五十卷本《张炜文集》由漓江出版社出版。